LES BOVCLIERS DE MARS

I - CASUS BELLI

scénario
GILLES CHAILLET
dessin
CHRISTIAN GINE
couleurs
ANTOINE QUARESMA

Glénat

www.glenatbd.com

Couvent Sainte-Cécile – 37, rue Servan – 38000 Grenoble.

Dépôt légal : mars 2011.
ISBN : 978-2-7234-7156-5.
Achevé d'imprimer en Belgique en juin 2011 par Lesaffre,
sur papier provenant de forêts gérées de manière durable.

PRÉFACE

Il fut un temps où les dieux côtoyaient les hommes. Du moins, ces derniers le pensaient-ils. Était-ce la vérité ? En son inaccessible panthéon, tonnant dans l'orage, déchirant les cieux avec les éclairs, crachant le feu par les volcans, Mars pétrissait le destin des plébéiens comme ceux des rois… Il se plaisait, semble-t-il, à placer ses pions çà et là, au gré de sa volonté, faisant du hasard une fatalité.

Un certain 15 mars, sous le règne de Trajan, une antique prophétie se réalise. Un péril pour Rome. Un bouclier de bronze, autrefois tombé du ciel, détient le pouvoir de prévenir le glorieux empire de tout péril le menaçant.

C'est ainsi que s'ouvre cette grande œuvre écrite par le plus érudit des amoureux de Rome et dessinée par l'inventeur d'une ligne claire qui se dissimule sous de solides traits de sculpteur : Chaillet et Gine.

Ces deux voyageurs du temps nous emportent dans cette époque reconstituée avec une précision d'orfèvre. Ils nous invitent à connaître Charax et Bestia, deux soldats que tout oppose.

Chaillet et Gine nous entraînent dans l'ombre de Mars…

Et ce qui n'aurait dû être qu'une simple histoire humaine devient ici une tragédie où se meuvent d'infortunés acteurs, sans cesse déséquilibrés par le souffle de celui qui mène le bal : Mars !

DIDIER CONVARD

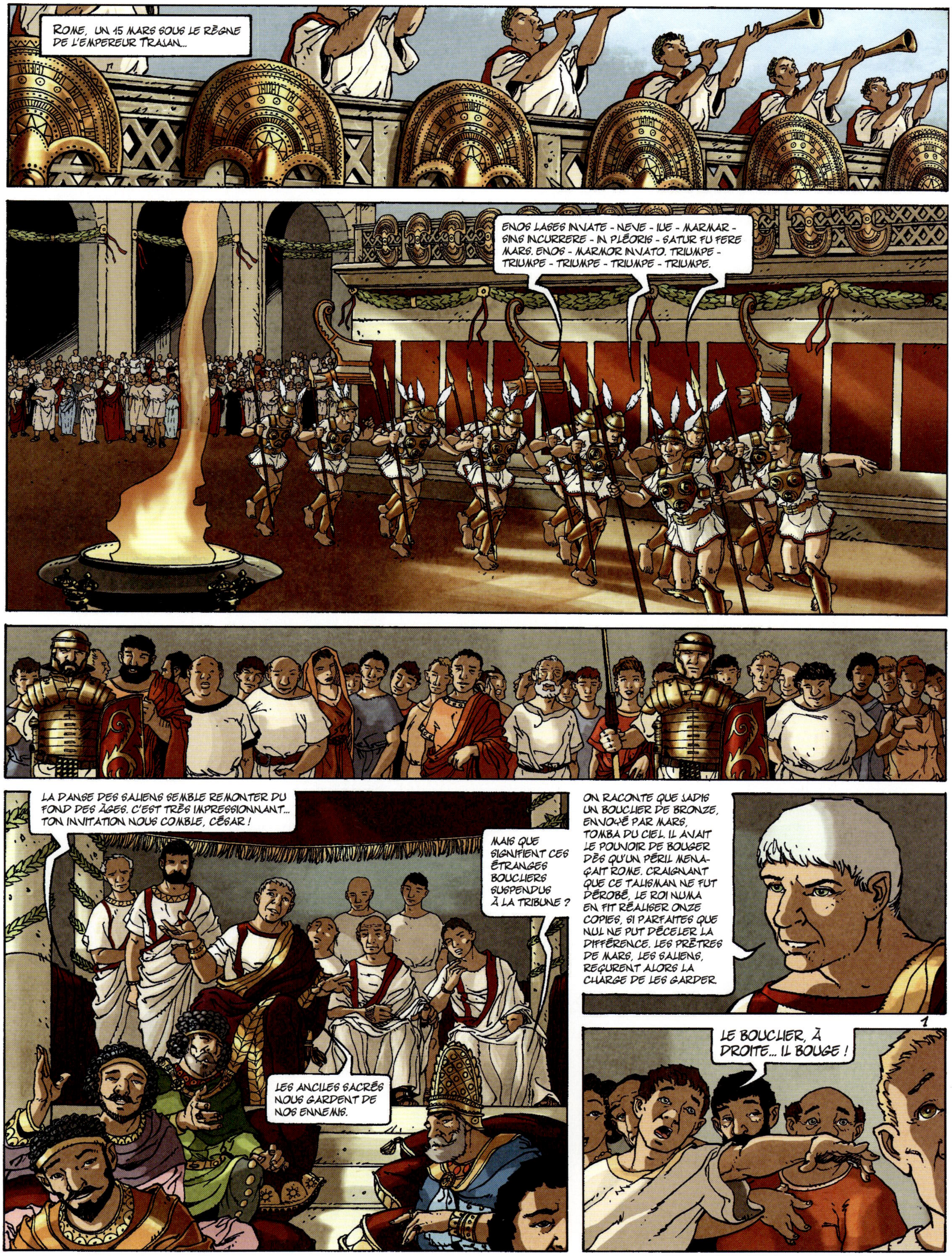
ROME, UN 15 MARS SOUS LE RÈGNE DE L'EMPEREUR TRAJAN...
ENOS LASES INVATE - NEVE - IUE - MARMAR - SINS INCURRERE - IN PLÉORIS - SATUR FU FERE MARS. ENOS - MARMOR INVATO. TRIUMPE - TRIUMPE - TRIUMPE - TRIUMPE - TRIUMPE.
LA DANSE DES SALIENS SEMBLE REMONTER DU FOND DES ÂGES. C'EST TRÈS IMPRESSIONNANT... TON INVITATION NOUS COMBLE, CÉSAR !
MAIS QUE SIGNIFIENT CES ÉTRANGES BOUCLIERS SUSPENDUS À LA TRIBUNE ?
LES ANCILES SACRÉS NOUS GARDENT DE NOS ENNEMIS.
ON RACONTE QUE JADIS UN BOUCLIER DE BRONZE, ENVOYÉ PAR MARS, TOMBA DU CIEL. IL AVAIT LE POUVOIR DE BOUGER DÈS QU'UN PÉRIL MENAÇAIT ROME. CRAIGNANT QUE CE TALISMAN NE FUT DÉROBÉ, LE ROI NUMA EN FIT RÉALISER ONZE COPIES, SI PARFAITES QUE NUL NE PUT DÉCELER LA DIFFÉRENCE. LES PRÊTRES DE MARS, LES SALIENS, REÇURENT ALORS LA CHARGE DE LES GARDER.
1
LE BOUCLIER, À DROITE... IL BOUGE !

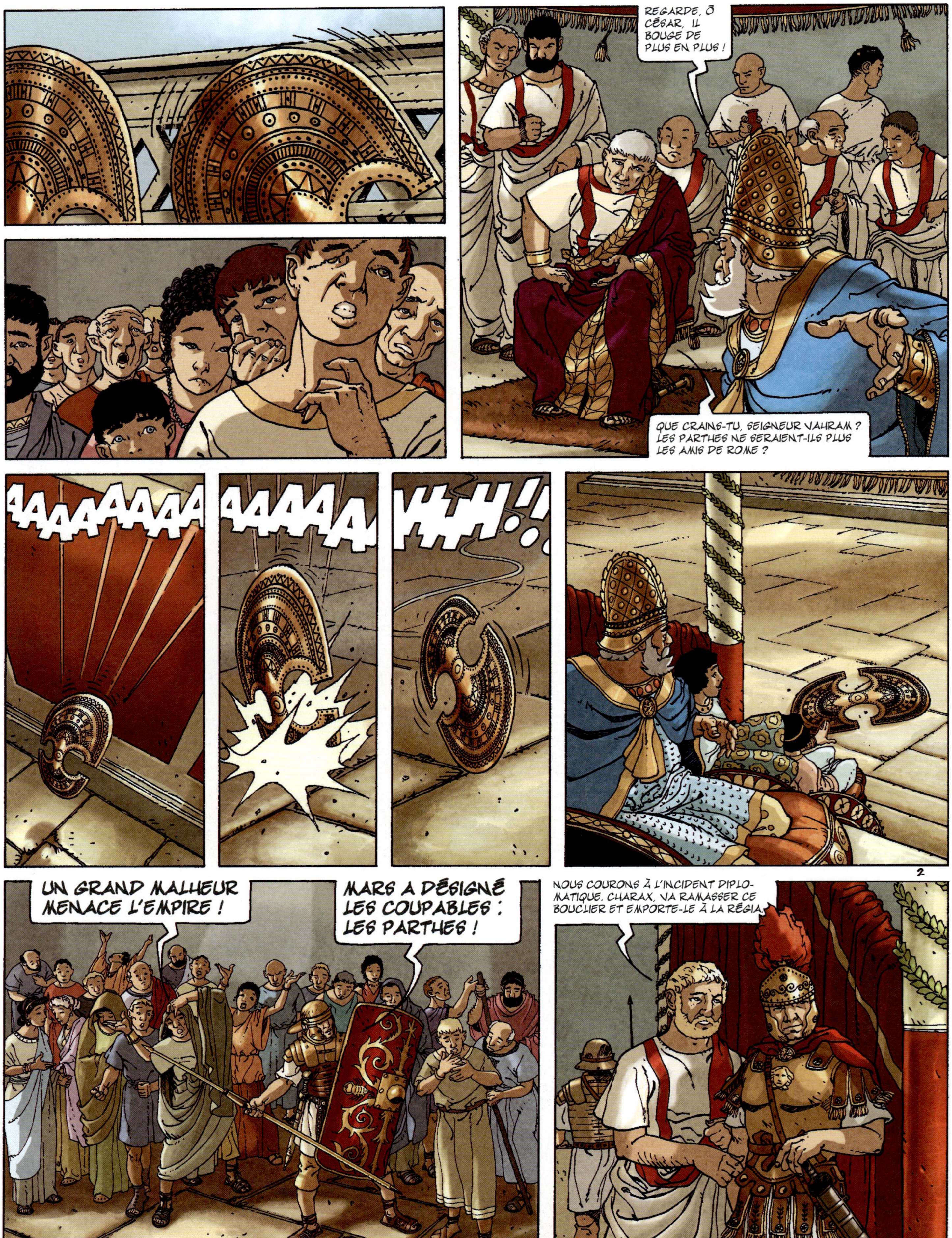
REGARDE, Ô CÉSAR, IL BOUGE DE PLUS EN PLUS !
QUE CRAINS-TU, SEIGNEUR VAHRAM ? LES PARTHES NE SERAIENT-ILS PLUS LES AMIS DE ROME ?
AAAAAAAAAAAAAAVHH !!
UN GRAND MALHEUR MENACE L'EMPIRE !
MARS A DÉSIGNÉ LES COUPABLES : LES PARTHES !
NOUS COURONS À L'INCIDENT DIPLOMATIQUE. CHARAX, VA RAMASSER CE BOUCLIER ET EMPORTE-LE À LA RÉGIA.

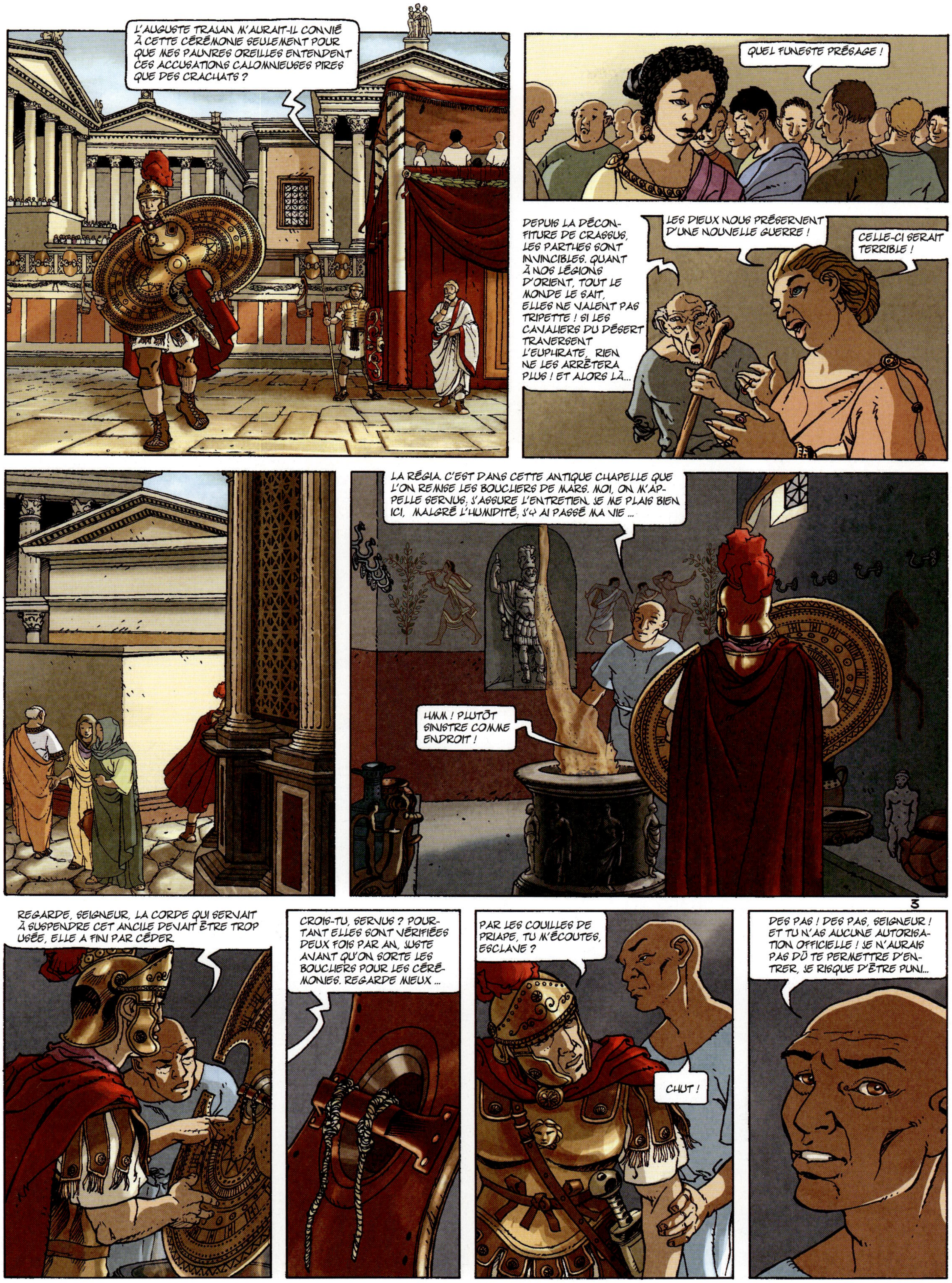
L'AUGUSTE TRAJAN M'AURAIT-IL CONVIÉ À CETTE CÉRÉMONIE SEULEMENT POUR QUE MES PAUVRES OREILLES ENTENDENT CES ACCUSATIONS CALOMNIEUSES PIRES QUE DES CRACHATS ?
QUEL FUNESTE PRÉSAGE !
DEPUIS LA DÉCONFITURE DE CRASSUS, LES PARTHES SONT INVINCIBLES. QUANT À NOS LÉGIONS D'ORIENT, TOUT LE MONDE LE SAIT, ELLES NE VALENT PAS TRIPETTE ! SI LES CAVALIERS DU DÉSERT TRAVERSENT L'EUPHRATE, RIEN NE LES ARRÊTERA PLUS ! ET ALORS LÀ...
LES DIEUX NOUS PRÉSERVENT D'UNE NOUVELLE GUERRE !
CELLE-CI SERAIT TERRIBLE !
LA RÉGIA C'EST DANS CETTE ANTIQUE CHAPELLE QUE L'ON REMISE LES BOUCLIERS DE MARS. MOI, ON M'APPELLE SERVUS, J'ASSURE L'ENTRETIEN. JE ME PLAIS BIEN ICI, MALGRÉ L'HUMIDITÉ, J'Y AI PASSÉ MA VIE ...
HMM ! PLUTÔT SINISTRE COMME ENDROIT !
3
REGARDE, SEIGNEUR, LA CORDE QUI SERVAIT À SUSPENDRE CET ANCILE DEVAIT ÊTRE TROP USÉE, ELLE A FINI PAR CÉDER.
CROIS-TU, SERVUS ? POURTANT ELLES SONT VÉRIFIÉES DEUX FOIS PAR AN, JUSTE AVANT QU'ON SORTE LES BOUCLIERS POUR LES CÉRÉMONIES. REGARDE MIEUX ...
PAR LES COUILLES DE PRIAPE, TU M'ÉCOUTES, ESCLAVE ?
CHUT !
DES PAS ! DES PAS, SEIGNEUR ! ET TU N'AS AUCUNE AUTORISATION OFFICIELLE ! JE N'AURAIS PAS DÛ TE PERMETTRE D'ENTRER, JE RISQUE D'ÊTRE PUNI...

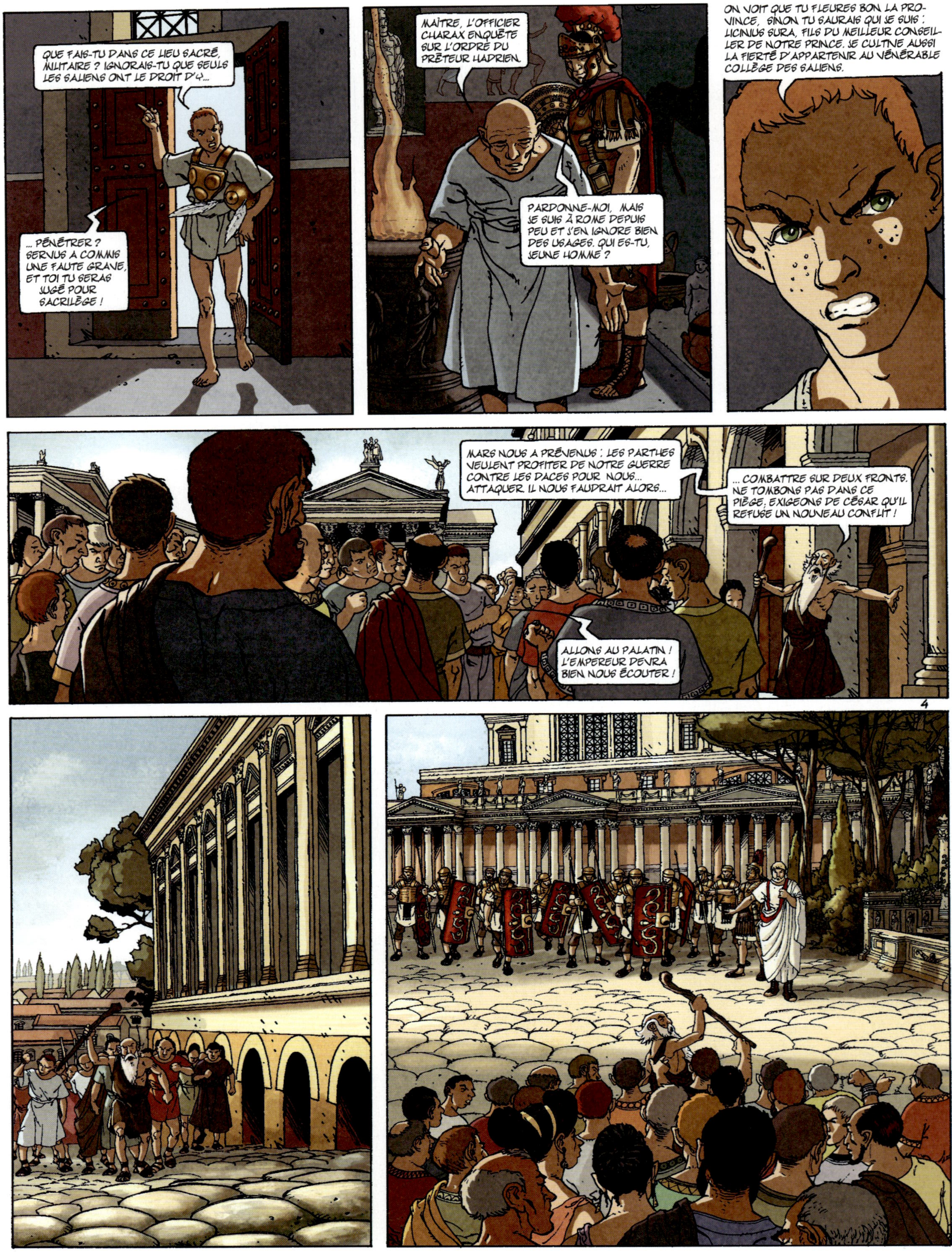
QUE FAIS-TU DANS CE LIEU SACRÉ, MILITAIRE ? IGNORAIS-TU QUE SEULS LES SALIENS ONT LE DROIT D'Y...
... PÉNÉTRER ? SERVIUS A COMMIS UNE FAUTE GRAVE, ET TOI TU SERAS JUGÉ POUR SACRILÈGE !
MAÎTRE, L'OFFICIER CHARAX ENQUÊTE SUR L'ORDRE DU PRÊTEUR HADRIEN.
PARDONNE-MOI, MAIS JE SUIS À ROME DEPUIS PEU ET J'EN IGNORE BIEN DES USAGES. QUI ES-TU, JEUNE HOMME ?
ON VOIT QUE TU FLEURES BON LA PROVINCE, SINON TU SAURAIS QUI JE SUIS : LICINIUS SURA, FILS DU MEILLEUR CONSEILLER DE NOTRE PRINCE. JE CULTIVE AUSSI LA FIERTÉ D'APPARTENIR AU VÉNÉRABLE COLLÈGE DES SALIENS.
MARS NOUS A PRÉVENUS : LES PARTHES VEULENT PROFITER DE NOTRE GUERRE CONTRE LES DACES POUR NOUS... ATTAQUER. IL NOUS FAUDRAIT ALORS...
... COMBATTRE SUR DEUX FRONTS. NE TOMBONS PAS DANS CE PIÈGE, EXIGEONS DE CÉSAR QU'IL REFUSE UN NOUVEAU CONFLIT !
ALLONS AU PALATIN ! L'EMPEREUR DEVRA BIEN NOUS ÉCOUTER !
4

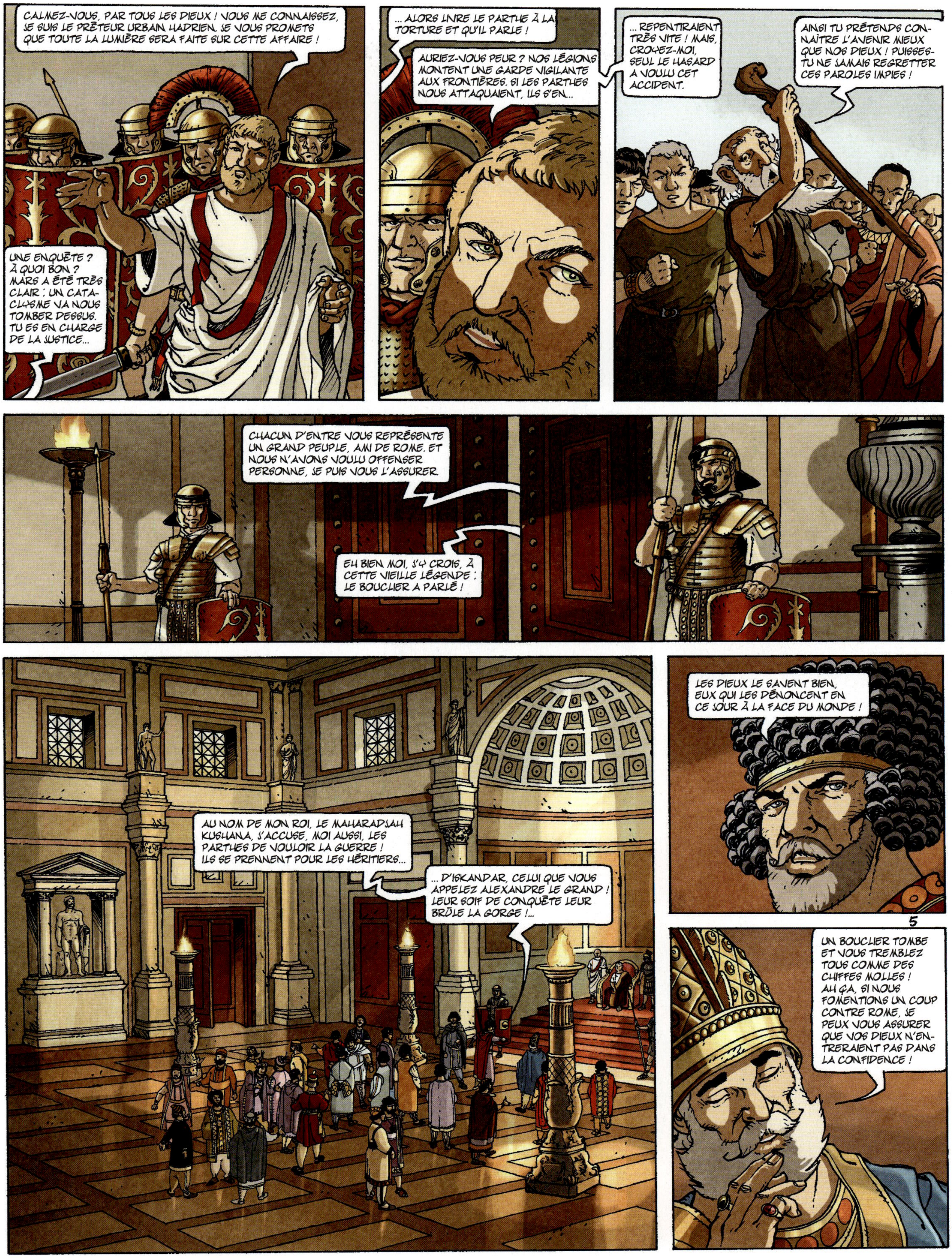

CALMEZ-VOUS, PAR TOUS LES DIEUX ! VOUS ME CONNAISSEZ, JE SUIS LE PRÊTEUR URBAIN HADRIEN. JE VOUS PROMETS QUE TOUTE LA LUMIÈRE SERA FAITE SUR CETTE AFFAIRE !
UNE ENQUÊTE ? À QUOI BON ? MARS A ÉTÉ TRÈS CLAIR : UN CATACLYSME VA NOUS TOMBER DESSUS. TU ES EN CHARGE DE LA JUSTICE...
... ALORS LIVRE LE PARTHE À LA TORTURE ET QU'IL PARLE !
AURIEZ-VOUS PEUR ? NOS LÉGIONS MONTENT UNE GARDE VIGILANTE AUX FRONTIÈRES. SI LES PARTHES NOUS ATTAQUAIENT, ILS S'EN...
... REPENTIRAIENT TRÈS VITE ! MAIS, CROYEZ-MOI, SEUL LE HASARD A VOULU CET ACCIDENT.
AINSI TU PRÉTENDS CONNAÎTRE L'AVENIR MIEUX QUE NOS DIEUX ! PUISSES-TU NE JAMAIS REGRETTER CES PAROLES IMPIES !
CHACUN D'ENTRE VOUS REPRÉSENTE UN GRAND PEUPLE, AMI DE ROME. ET NOUS N'AVONS VOULU OFFENSER PERSONNE, JE PUIS VOUS L'ASSURER
EH BIEN MOI, J'Y CROIS, À CETTE VIEILLE LÉGENDE : LE BOUCLIER A PARLÉ !
AU NOM DE MON ROI, LE MAHARADJAH KUSHANA, J'ACCUSE, MOI AUSSI, LES PARTHES DE VOULOIR LA GUERRE ! ILS SE PRENNENT POUR LES HÉRITIERS...
... D'ISKANDAR, CELUI QUE VOUS APPELEZ ALEXANDRE LE GRAND ! LEUR SOIF DE CONQUÊTE LEUR BRÛLE LA GORGE !...
LES DIEUX LE SAVENT BIEN, EUX QUI LES DÉNONCENT EN CE JOUR À LA FACE DU MONDE !
5
UN BOUCLIER TOMBE ET VOUS TREMBLEZ TOUS COMME DES CHIFFES MOLLES ! AH ÇA, SI NOUS FOMENTIONS UN COUP CONTRE ROME, JE PEUX VOUS ASSURER QUE VOS DIEUX N'ENTRERAIENT PAS DANS LA CONFIDENCE !

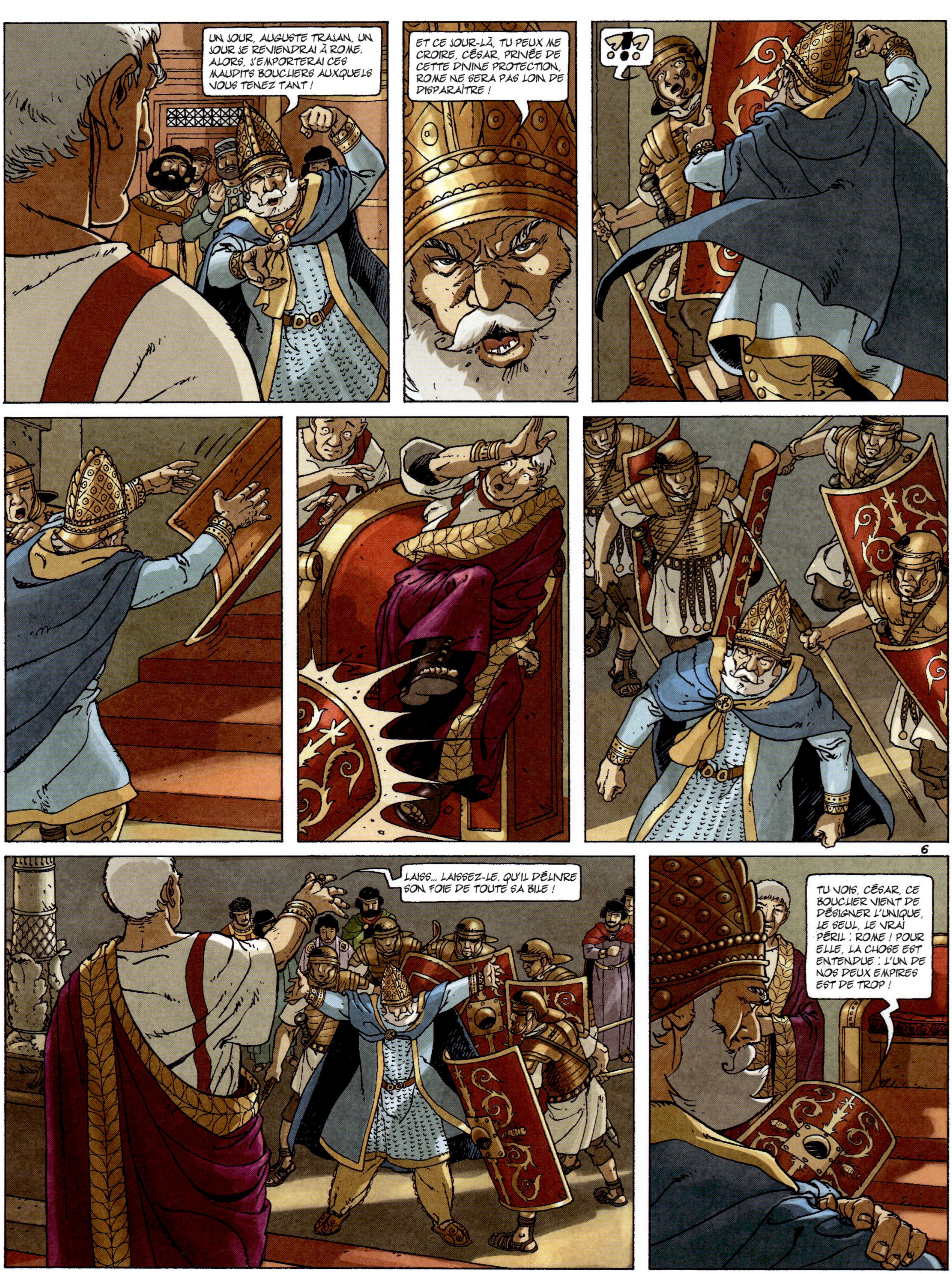
UN JOUR, AUGUSTE TRAJAN, UN JOUR JE REVIENDRAI À ROME. ALORS, J'EMPORTERAI CES MAUDITS BOUCLIERS AUXQUELS VOUS TENEZ TANT !
ET CE JOUR-LÀ, TU PEUX ME CROIRE, CÉSAR, PRIVÉE DE CETTE DIVINE PROTECTION, ROME NE SERA PAS LOIN DE DISPARAÎTRE !
LAISS... LAISSEZ-LE. QU'IL DÉLIVRE SON FOIE DE TOUTE SA BILE !
TU VOIS, CÉSAR, CE BOUCHER VIENT DE DÉSIGNER L'UNIQUE, LE SEUL, LE VRAI PÉRIL : ROME ! POUR ELLE, LA CHOSE EST ENTENDUE : L'UN DE NOS DEUX EMPIRES EST DE TROP !

CE SEIGNEUR VENU DES INDES ACCUSAIT MON PEUPLE DE MONTRER TROP D'APPÉTIT. POURTANT C'EST VOUS, LES FILS DE LA LOUVE, QUI AVEZ UNE FAIM... DE LOUP ! ET TOUT EST BON POUR NOUS ACCUSER DE VOULOIR APPORTER LA GUERRE ! MÊME UN BOUCLIER !
VRAIMENT ?
L'ITALIE NE VOUS A PAS SUFFI, IL VOUS A FALLU LE MONDE ! LES DACES EN FONT LA CRUELLE EXPÉRIENCE. BIENTÔT, JE LE CRAINS, VOS LÉGIONS S'EN IRONT CHASSER LES DIEUX DE LEUR CÉLESTE SÉJOUR ! ROME EST PAREILLE À LA GORGONE, UNE PIEUVRE INSATIABLE !
COMBIEN DE TEMPS DEVRONS-NOUS SUPPORTER CE DÉBORDEMENT DE FIEL ?
JE TE PARDONNE, VAHRAM, PARCE QUE TU AS...
... TOUJOURS ÉTÉ UN ALLIÉ FIDÈLE, ET JE PEUX COMPRENDRE QUE CE QUI S'EST PRODUIT CE MATIN T'AIT OFFENSÉ. MAIS N'ABUSE PAS DE NOTRE PATIENCE.
DEMAIN, JE REGAGNERAI LE DANUBE OÙ NOS LÉGIONS ACHÈVENT CETTE GUERRE DONT LES DACES PORTENT L'ENTIÈRE ET TERRIBLE RESPONSABILITÉ. IL FALLAIT BIEN QUE ROME SE DÉFENDE !
IL VOUS FALLAIT ÉGALEMENT PRENDRE LEURS MINES D'OR SOUS VOTRE CONTRÔLE !
POURQUOI TANT D'AGRESSIVITÉ ? BIENTÔT, JE FERMERAI ENFIN LE TEMPLE DE LA GUERRE. CAR NOTRE...
...VOEU LE PLUS CHER, SOYEZ-EN CONVAINCUS, C'EST DE VIVRE EN PAIX.
ROME VEUT APPORTER LA LUMIÈRE AU MONDE ET NOUS ESPÉRONS VOTRE AIDE...
....
FAIS-LE ATTENDRE. JE NE TIENS PAS À CE QUE NOS HÔTES APPRENNENT CE QU'IL A DÉCOUVERT...

L'AFFAIRE DU BOUCLIER RISQUE DE TOURNER AU VINAIGRE. LA CORDE, BIEN NEUVE, A ÉTÉ VOLONTAIREMENT ENTAILLÉE DE FAÇON À CE QU'ELLE CÈDE SOUS LES VIBRATIONS CAUSÉES PAR LA DANSE DES SALIENS. JE CRAINS UN COMPLOT...
ET QUE FAUT-IL PENSER DE L'ARRIVÉE IMPROMPTUE DE CE JEUNE SURA DURANT MES INVESTIGATIONS, Ô CÉSAR ?
UN GAMIN, CHARAX, UN TENDRON PLUS SENSIBLE QU'UNE DEMOISELLE, PÉTRI D'UNE PIÉTÉ NAÏVE POUR LES RITES ARCHAÏQUES, ET QUI S'ÉMERVEILLE D'APPARTENIR AU TRÈS ANTIQUE COLLÈGE DES SALIENS... RIEN DE PLUS ! VIENS, SUIS-MOI. ET PAS UN MOT DE TOUT CELA À NOS INVITÉS !
VOYEZ, MES AMIS, CET OFFICIER A RONDEMENT MENÉ SON ENQUÊTE : LES DIEUX N'Y ÉTAIENT...
... POUR RIEN. UNE SIMPLE CORDE USÉE NE JETTERA PAS UNE POMME DE DISCORDE ENTRE NOS PEUPLES, VAHRAM.
8
QUELQU'UN SE RAPPELLE-T-IL QUAND, POUR LA DERNIÈRE FOIS, LE BOUCLIER TOMBÉ DU CIEL S'EST MANIFESTÉ ?
PEUT-ÊTRE À L'ÉPOQUE DE LA RÉVOLTE DE SPARTACUS... OU JUSTE AVANT LE DÉSASTRE DES LÉGIONS DE VARUS, SOUS LE RÈGNE DU DIVIN AUGUSTE ?
OH ! C'EST BEAUCOUP PLUS ANCIEN !
EN TOUT CAS, UNE CAMPAGNE CONTRE LES PARTHES, APRÈS LES DURS SACRIFICES IMPOSÉS PAR DEUX GUERRES EN DACIE, SE SOLDERAIT PAR UNE CATASTROPHE AUX CONSÉQUENCES INCALCULABLES !

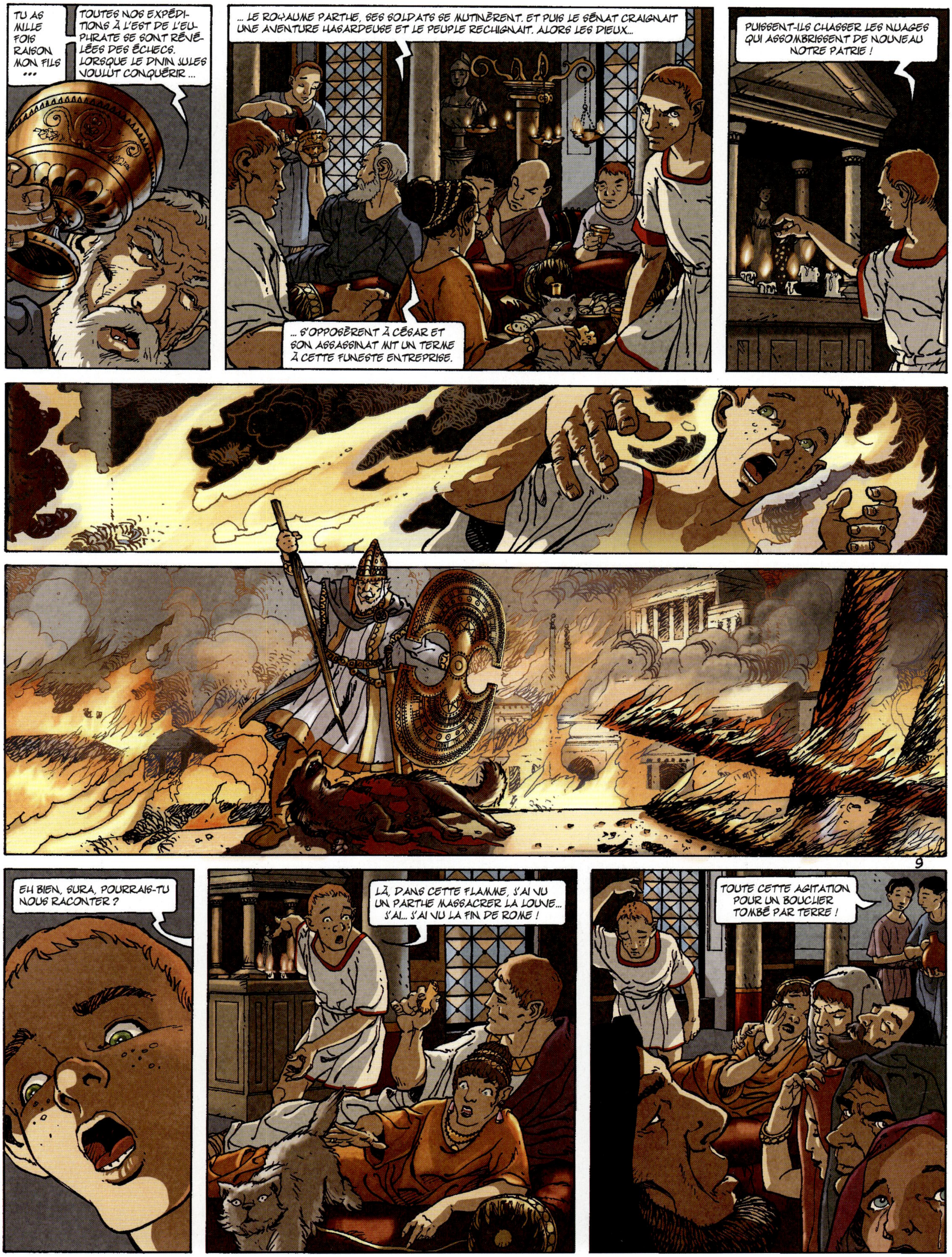
TU AS MILLE FOIS RAISON MON FILS ...
TOUTES NOS EXPÉDITIONS À L'EST DE L'EUPHRATE SE SONT RÉVÉLÉES DES ÉCHECS. LORSQUE LE DIVIN JULES VOULUT CONQUÉRIR ...
... LE ROYAUME PARTHE, SES SOLDATS SE MUTINÈRENT. ET PUIS LE SÉNAT CRAIGNAIT UNE AVENTURE HASARDEUSE ET LE PEUPLE RECHIGNAIT. ALORS LES DIEUX...
... S'OPPOSÈRENT À CÉSAR ET SON ASSASSINAT MIT UN TERME À CETTE FUNESTE ENTREPRISE.
PUISSENT-ILS CHASSER LES NUAGES QUI ASSOMBRISSENT DE NOUVEAU NOTRE PATRIE !
EH BIEN, SURA, POURRAIS-TU NOUS RACONTER ?
LÀ, DANS CETTE FLAMME, J'AI VU UN PARTHE MASSACRER LA LOUVE... J'AI... J'AI VU LA FIN DE ROME !
TOUTE CETTE AGITATION POUR UN BOUCHER TOMBÉ PAR TERRE !

LA FRAÎCHEUR TOMBE... C'EST TELLEMENT HUMIDE ICI !
QUEL ÉTRANGE PRODIGE !...
MA MAÎTRESSE DÉSIRERAIT FAIRE TA CONNAISSANCE, BEL APOLLON NOCTURNE...

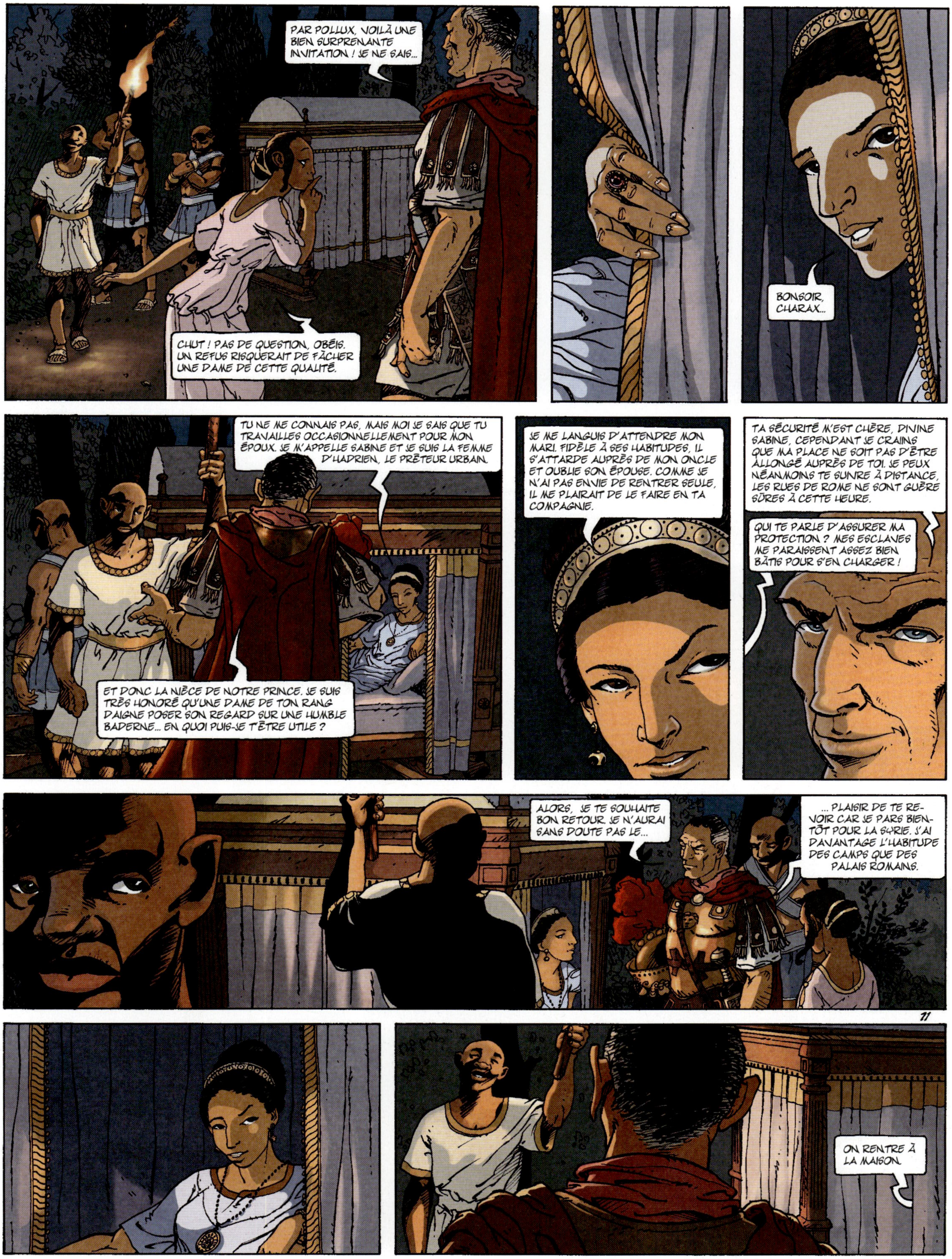
PAR POLLUX, VOILÀ UNE BIEN SURPRENANTE INVITATION ! JE NE SAIS...
CHUT ! PAS DE QUESTION, OBÉIS. UN REFUS RISQUERAIT DE FÂCHER UNE DAME DE CETTE QUALITÉ.
BONSOIR, CHARAX...
TU NE ME CONNAIS PAS, MAIS MOI JE SAIS QUE TU TRAVAILLES OCCASIONNELLEMENT POUR MON ÉPOUX. JE M'APPELLE SABINE ET JE SUIS LA FEMME D'HADRIEN, LE PRÊTEUR URBAIN.
ET DONC LA NIÈCE DE NOTRE PRINCE. JE SUIS TRÈS HONORÉ QU'UNE DAME DE TON RANG DAIGNE POSER SON REGARD SUR UNE HUMBLE BADERNE... EN QUOI PUIS-JE T'ÊTRE UTILE ?
JE ME LANGUIS D'ATTENDRE MON MARI. FIDÈLE À SES HABITUDES, IL S'ATTARDE AUPRÈS DE MON ONCLE ET OUBLIE SON ÉPOUSE. COMME JE N'AI PAS ENVIE DE RENTRER SEULE, IL ME PLAIRAIT DE LE FAIRE EN TA COMPAGNIE.
TA SÉCURITÉ M'EST CHÈRE, DIVINE SABINE, CEPENDANT JE CRAINS QUE MA PLACE NE SOIT PAS D'ÊTRE ALLONGÉ AUPRÈS DE TOI. JE PEUX NÉANMOINS TE SUIVRE À DISTANCE, LES RUES DE ROME NE SONT GUÈRE SÛRES À CETTE HEURE.
QUI TE PARLE D'ASSURER MA PROTECTION ? MES ESCLAVES ME PARAISSENT ASSEZ BIEN BÂTIS POUR S'EN CHARGER !
ALORS, JE TE SOUHAITE BON RETOUR. JE N'AURAI SANS DOUTE PAS LE...
... PLAISIR DE TE REVOIR CAR JE PARS BIENTÔT POUR LA SYRIE. J'AI DAVANTAGE L'HABITUDE DES CAMPS QUE DES PALAIS ROMAINS.
11
ON RENTRE À LA MAISON.

ELLE EST BELLE, N'EST-CE PAS ?
TU VERRAS, LA SYRIE EST UN JOLI PAYS. C'EST LÀ-BAS QUE JE SUIS NÉE.
AU BORD DE L'ORONTE. L'AIR Y SENT LA MYRTE ET LES FILLES LA FLEUR D'ORANGER...
COMMENT T'APPELLES-TU ?
REVIENS TOUT DE SUITE, SYRA, JE COMMENCE À PRENDRE FROID !
12
QUELLE ÉTRANGE NUIT !
ET PENDANT CE TEMPS-LÀ, TRAJAN TRAVAILLE À LA PAIX DU MONDE...

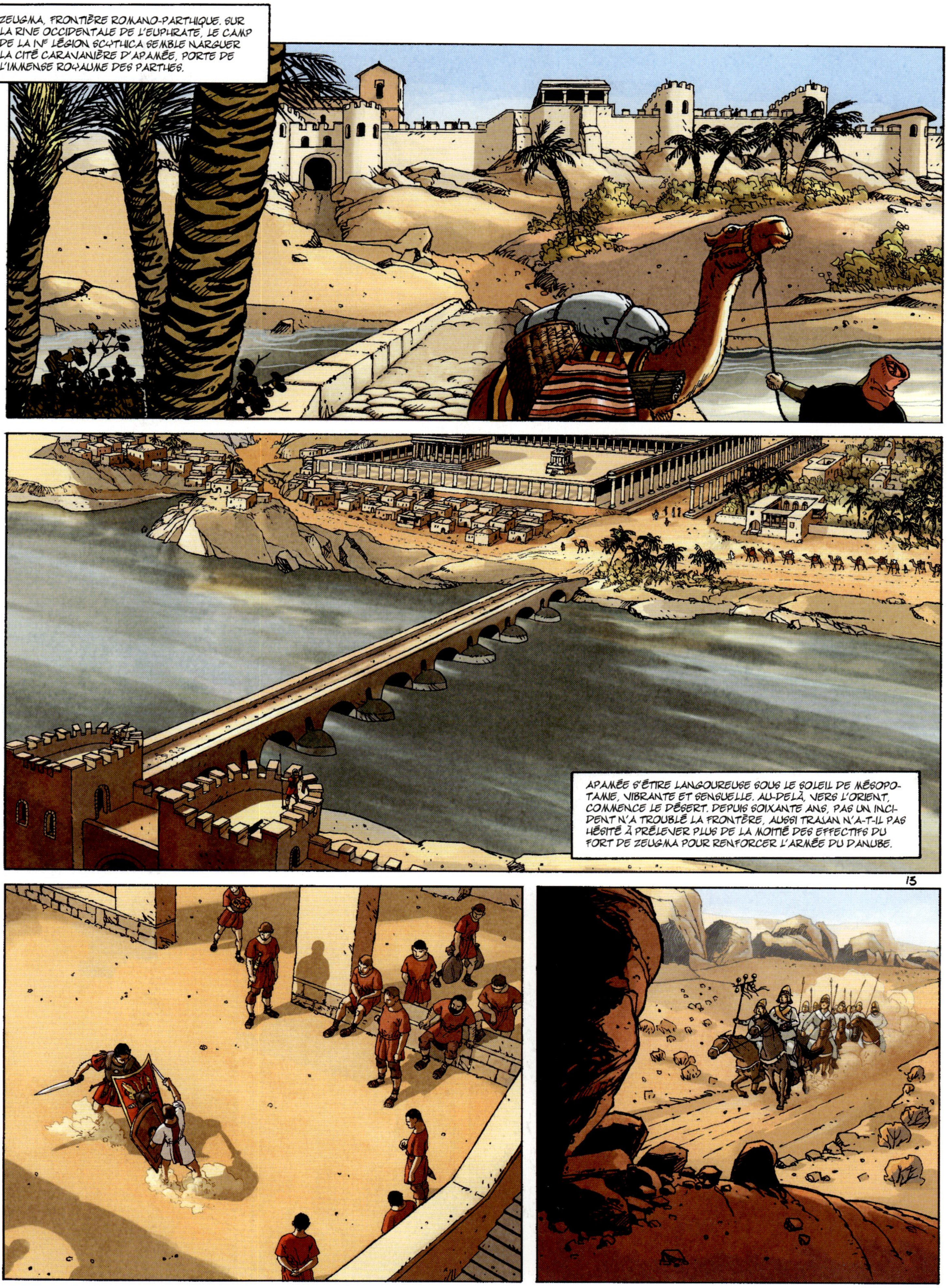
ZEUGMA, FRONTIÈRE ROMANO-PARTHIQUE. SUR LA RIVE OCCIDENTALE DE L'EUPHRATE, LE CAMP DE LA IVe LÉGION SCYTHICA SEMBLE NARGUER LA CITÉ CARAVANIÈRE D'APAMÉE, PORTE DE L'IMMENSE ROYAUME DES PARTHES.
APAMÉE S'ÉTIRE LANGOUREUSE SOUS LE SOLEIL DE MÉSOPOTAMIE, VIBRANTE ET SENSUELLE. AU-DELÀ, VERS L'ORIENT, COMMENCE LE DÉSERT. DEPUIS SOIXANTE ANS, PAS UN INCIDENT N'A TROUBLÉ LA FRONTIÈRE, AUSSI TRAJAN N'A-T-IL PAS HÉSITÉ À PRÉLEVER PLUS DE LA MOITIÉ DES EFFECTIFS DU FORT DE ZEUGMA POUR RENFORCER L'ARMÉE DU DANUBE.
15

REGARDEZ, PAR HERCULE ! CETTE BADERNE FAIT RECULER BESTIA !
IMPOSSIBLE ! PERSONNE N'A JAMAIS PU LE BATTRE. CE N'EST PAS UN VIEUX...
TU PEUX FANFARONNER, PAYSAN, TU NE SERAS TOUJOURS QUE LE FILS D'UN CUL-TERREUX ET MOI CELUI D'UN SÉNATEUR DE ROME !
EH BIEN, TUE-MOI... PÉQUENOT !
NE ME TENTE PAS, PATRICIEN.

SI CE DUEL N'ÉTAIT PAS UN EXERCICE, TU SERAIS MORT, TRIBUN BESTIA !
PARAÎT QUE CE CHARAX EST UN SACRÉ PÈTE-SEC...
VOILÀ QUI NOUS PROMET DES LENDEMAINS QUI CHANTENT !
L'ARMÉE D'ORIENT A TOUJOURS SOUFFERT D'UNE RÉPUTATION EXÉCRABLE. IL EST GRAND TEMPS D'Y REMETTRE UN PEU D'ORDRE. PAR HERCULE, ON SE CROIRAIT DANS LES ÉCURIES D'AUGIAS ! ON SE LA COULE UN PEU TROP DOUCE ICI, LES CORVÉES QUOTIDIENNES SONT NÉGLIGÉES ET ON NE S'ENTRAÎNE PLUS...
15
TU APPRENDRAS À TE MÉFIER DE L'ORIENT, VINTIDIUS CHARAX. IL Y A TELLEMENT...
...DE SERPENTS QUI SE DISSIMULENT SOUS LES SABLES DU DÉSERT ! CES SALOPERIES SONT PRÊTES À VOUS MORDRE DÈS QU'ON A LE DOS TOURNÉ !!!

LE SEIGNEUR VAHRAM, SATRAPE D'OSROÈNE, NOUS REND VISITE.
VAHRAM EST L'UN DES PUISSANTS LES PLUS REDOUTÉS DU ROYAUME PARTHE. ON MURMURE QUE LE ROI DES ROIS LUI-MÊME SE MÉFIE DE CE VASSAL.
N'ARBORE-T-IL PAS UN PORT ROYAL ? SON REGARD FAIT SE COURBER DEVANT LUI LES FAUVES DE LA MONTAGNE, ET SON IMMENSE RICHESSE LUI PERMET DE LEVER D'INNOMBRABLES TROUPES, S'IL LE VOULAIT...
16
JE VEUX PARLER AU NOUVEAU PRÉFET, LUCIUS VINTIDIUS CHARAX. À LUI SEUL.
JE SALUE L'HUMBLE REPRÉSENTANT DU PEUPLE-ROI ET LE REMERCIE DE L'HONNEUR QU'IL ME PRODIGUE EN VENANT À MA RENCONTRE. JE SUIS HÉLAS PORTEUR D'UNE TERRIBLE INFORMATION. DE LA PLUS HAUTE IMPORTANCE... IL EN VA DE LA SURVIE DE L'EMPIRE ROMAIN !

QUEL DANGER, SEIGNEUR VAHRAM ? DEPUIS L'ÉPOQUE DE NÉRON, LA PAIX RÈGNE SUR CETTE FRONTIÈRE...
JE NE DOIS M'EN OUVRIR QU'À TON EMPEREUR, LES DIEUX LE PROTÈGENT ! EN GAGE DE MON AMITIÉ, JE LUI APPORTE CES MODESTES PRÉSENTS QUE J'ENTENDS DÉPOSER À SES PIEDS... MAIS...
... NOUS NOUS SOMMES DÉJÀ RENCONTRÉS, N'EST-CE PAS ?
TU AS BONNE MÉMOIRE, SATRAPE. C'ÉTAIT À ROME, AU PALAIS... OÙ TA CONDUITE AVAIT FAIT SCANDALE.
L'EMPEREUR MÈNE UNE GUERRE DIFFICILE, LOIN DES SABLES DE L'ORIENT, ET TA ROUTE SERA LONGUE AVANT D'ARRIVER JUSQU'À LUI. MAIS J'IMAGINE QU'IL SAURA TENDRE UNE OREILLE ATTENTIVE AU MESSAGER DU DESTIN : TU ES SI DÉVOUÉ À LA CAUSE ROMAINE, BIEN QUE TU AIES DOUTÉ DE SA BONNE FOI !
IL ME TARDE DE RETROUVER LE PÈRE DE L'HUMANITÉ !
J'ESPÈRE CEPENDANT QUE TES NOUVELLES SONT SANS RAPPORT AVEC LA PROPHÉTIE DES BOUCLIERS DE MARS... QU'ON LES LAISSE ENTRER, LUI ET SON ESCORTE.
JE TE REMERCIE, FILS DE LA LUMIÈRE.
FILS DE LA LUMIÈRE ? PHÉBUS EN SERAIT SURPRIS... CEPENDANT...
... N'Y VOIS NULLE MÉFIANCE, MAIS JE DOIS ORDONNER DE FOUILLER LE CHARGEMENT DE TES DROMADAIRES. SIMPLE CONSIGNE DE SÉCURITÉ. TU SAIS COMBIEN NOUS AUTRES ROMAINS POSSÉDONS UN ESPRIT TATILLON...
TU N'EXERCES LÀ QUE TON MÉTIER D'OFFICIER SUBALTERNE ET C'EST TON DEVOIR.

VOUS POUVEZ REMBALLER. IL N'Y A AUCUNE ARME. SOIS LE BIENVENU, ILLUSTRE VAHRAM. JE SERAIS GRANDEMENT FLATTÉ SI TU DAIGNAIS PARTAGER LE FRUGAL REPAS D'UN OFFICIER ROMAIN, MÊME SUBALTERNE.
SUSPENDS TOUTES LES PERMISSIONS, BESTIA, ET FAIS DOUBLER LES POSTES DE GARDE.
CRAINDRAIS-TU QUELQUE FÉLONIE ?
UN DEMI-SIÈCLE DE PAIX SUR CETTE FRONTIÈRE SEMBLE AVOIR ENDORMI VOS SENS. JE SUIS PRUDENT, VOILÀ TOUT.
18

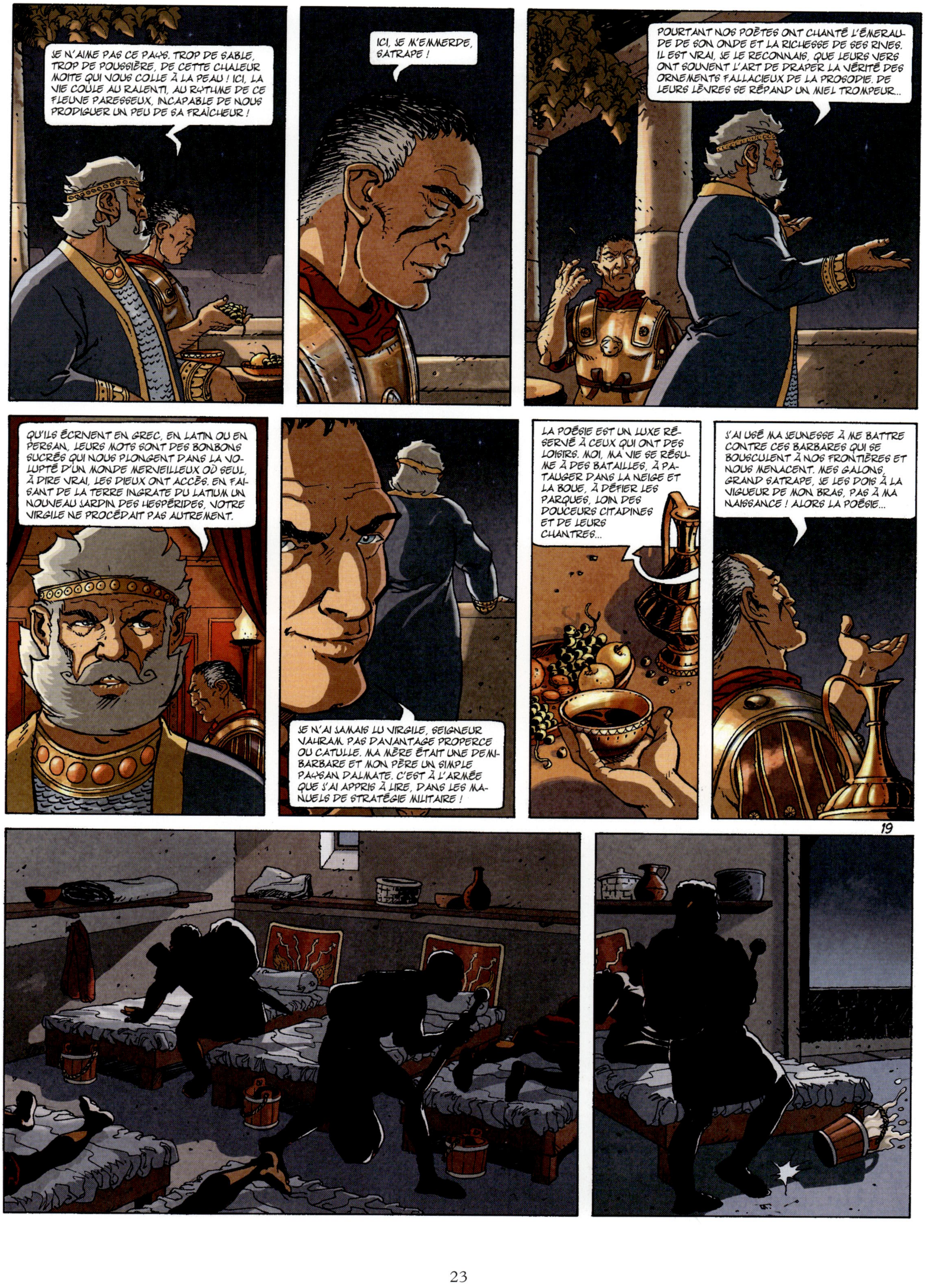
JE N'AIME PAS CE PAYS. TROP DE SABLE, TROP DE POUSSIÈRE, DE CETTE CHALEUR MOITE QUI VOUS COLLE À LA PEAU ! ICI, LA VIE COULE AU RALENTI, AU RYTHME DE CE FLEUVE PARESSEUX, INCAPABLE DE NOUS PRODIGUER UN PEU DE SA FRAÎCHEUR !
ICI, JE M'EMMERDE, SATRAPE !
POURTANT NOS POÈTES ONT CHANTÉ L'ÉMERAUDE DE SON ONDE ET LA RICHESSE DE SES RIVES. IL EST VRAI, JE LE RECONNAIS, QUE LEURS VERS ONT SOUVENT L'ART DE DRAPER LA VÉRITÉ DES ORNEMENTS FALLACIEUX DE LA PROSODIE. DE LEURS LÈVRES SE RÉPAND UN MIEL TROMPEUR...
QU'ILS ÉCRIVENT EN GREC, EN LATIN OU EN PERSAN, LEURS MOTS SONT DES BONBONS SUCRÉS QUI NOUS PLONGENT DANS LA VOLUPTÉ D'UN MONDE MERVEILLEUX OÙ SEULS, À DIRE VRAI, LES DIEUX ONT ACCÈS. EN FAISANT DE LA TERRE INGRATE DU LATIUM UN NOUVEAU JARDIN DES HESPÉRIDES, VOTRE VIRGILE NE PROCÉDAIT PAS AUTREMENT.
JE N'AI JAMAIS LU VIRGILE, SEIGNEUR VAHRAM. PAS DAVANTAGE PROPERCE OU CATULLE. MA MÈRE ÉTAIT UNE DEMI-BARBARE ET MON PÈRE UN SIMPLE PAYSAN DALMATE. C'EST À L'ARMÉE QUE J'AI APPRIS À LIRE, DANS LES MANUELS DE STRATÉGIE MILITAIRE !
LA POÉSIE EST UN LUXE RÉSERVÉ À CEUX QUI ONT DES LOISIRS. MOI, MA VIE SE RÉSUME À DES BATAILLES, À PATAUGER DANS LA NEIGE ET LA BOUE, À DÉFIER LES PARQUES, LOIN DES DOUCEURS CITADINES ET DE LEURS CHANTRES...
J'AI USÉ MA JEUNESSE À ME BATTRE CONTRE CES BARBARES QUI SE BOUSCULENT À NOS FRONTIÈRES ET NOUS MENACENT. MES GALONS, GRAND SATRAPE, JE LES DOIS À LA VIGUEUR DE MON BRAS, PAS À MA NAISSANCE ! ALORS LA POÉSIE...
19

EH ! TU FILES OÙ COMME ÇA, EN PLEINE NUIT ?
ENVIE DE PISSER...
ET TU PISSES AVEC TON ARMURE SOUS LE BRAS, CARBO ? T'AS PEUR DE TE FAIRE ATTAQUER ?
OH, LA FERME, VOUS AUTRES !
C'EST ÇA, DORMEZ, LAISSEZ-VOUS BERCER PAR MORPHÉE, SINON DEMAIN, POUR L'ENTRAÎNEMENT, IL N'Y AURA PERSONNE !
ALORS, TU VIENS ?
ÇA VA, URANIUS, J'ARRIVE !
MAINTENANT, À L'ARMURERIE !
UNIQUEMENT DES GLAIVES. ENSUITE, ON VA RÉVEILLER CE BON BESTIA...
IL EST L'HEURE DE TA RONDE, TRIBUN...

QUI VA LÀ ?
"VICTOIRE ET VÉNUS".
AH, C'EST TOI ! RIEN À SIGNALER, TRIBUN. COMME D'HABITUDE !
EH BIEN, GARDE LES YEUX FIXÉS SUR L'AUTRE RIVE ! ET NE T'ENDORS PAS, NOTRE NOUVEAU PRÉFET POURRAIT TE LE FAIRE REGRETTER !
VOILÀ, TOUS LES POSTES ONT ÉTÉ CONTRÔLÉS. IL NE NOUS RESTE PLUS QUE CE BARAQUEMENT. TU CONNAIS LE CODE, URANIUS ?
AUCUN PROBLÈME.
TOC TOC TOC TOC TOC
"VICTOIRE ET VÉNUS".
"VENGEANCE ET LUMIÈRE"
PRENEZ CES ARMES ET VOUS TROIS, LES BARBUS, SUIVEZ-MOI. VEILLEZ À DEMEURER DANS L'OMBRE, IL NE S'AGIRAIT PAS QU'ON VOUS REPÈRE. COMPRIS ?
NOTRE RÔLE EST TERMINÉ.
PAS TOUT À FAIT, CARBO, PAS TOUT À FAIT. IL NOUS RESTE À DÉCAMPER D'ICI, BIEN EN VUE. LÀ, SEULEMENT, NOUS AURONS JOUÉ TOUTE NOTRE PIÈCE.

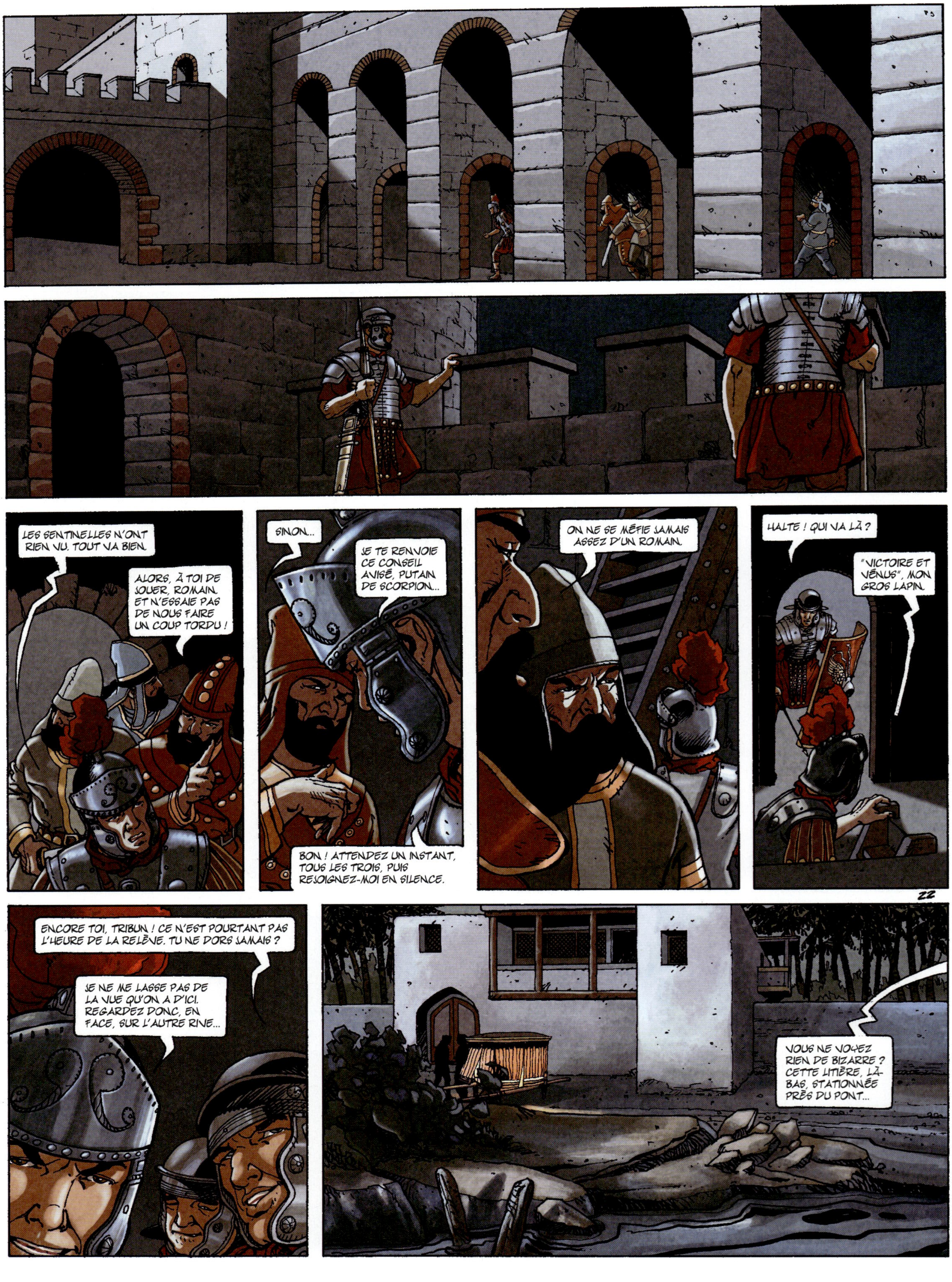
LES SENTINELLES N'ONT RIEN VU. TOUT VA BIEN.
ALORS, À TOI DE JOUER, ROMAIN. ET N'ESSAIE PAS DE NOUS FAIRE UN COUP TORDU !
SIMON...
JE TE RENVOIE CE CONSEIL AVISÉ, PUTAIN DE SCORPION...
BON ! ATTENDEZ UN INSTANT, TOUS LES TROIS, PUIS REJOIGNEZ-MOI EN SILENCE.
ON NE SE MÉFIE JAMAIS ASSEZ D'UN ROMAIN.
HALTE ! QUI VA LÀ ?
"VICTOIRE ET VÉNUS", MON GROS LAPIN.
22
ENCORE TOI, TRIBUN ! CE N'EST POURTANT PAS L'HEURE DE LA RELÈVE. TU NE DORS JAMAIS ?
JE NE ME LASSE PAS DE LA VUE QU'ON A D'ICI. REGARDEZ DONC, EN FACE, SUR L'AUTRE RIVE...
VOUS NE VOYEZ RIEN DE BIZARRE ? CETTE LITIÈRE, LÀ-BAS, STATIONNÉE PRÈS DU PONT...

C'EST TOI QUE JE TROUVE BIZARRE. TOUT EST BIEN CALME. ILS DORMENT, EUX !
23
... TOUS LES CAS, RESTEZ VIGILANTS. NE PERDEZ PAS DE VUE LA RIVE EN FACE...

MERCI, PRÉFET, PLUS DE VIN CE SOIR ! LE SOUVENIR DE CE GÉNÉREUX FALERNE M'EMBAUME ASSEZ LE PALAIS.
JE NE VOIS PAS DE CES CHARMANTES PETITES ESCLAVES QUI D'ORDINAIRE ORNENT VOS BANQUETS DE LEUR INFINI SAVOIR. TES BATAILLES TE FERAIENT-ELLES OUBLIER LES PLAISIRS DE VÉNUS ?
J'AI CHASSÉ LES PROSTITUÉES DE CE FORT. LA GARNISON AVAIT PRIS DE MAUVAISES MANIÈRES ET S'ENGLUAIT DANS L'OISIVETÉ. MES SOLDATS DOIVENT RESTER VIGILANTS.
D'AUTANT PLUS QUE TON EMPEREUR L'A DÉGARNI POUR EMMENER SES MEILLEURES UNITÉS COMBATTRE LES DACES, N'EST-CE PAS, PRÉFET ?
TU SAIS TROP DE CHOSES, SATRAPE. À CE PROPOS, SI TU DAIGNAIS M'EN DIRE UN PEU PLUS SUR CETTE FAMEUSE MENACE QUE TU M'AS ÉVOQUÉE...
REGARDE VERS LA PORTE DU FLEUVE, ROMAIN, ET TU COMPRENDRAS.
PAR HERCULE !

LE SIGNAL !
TOUS À CHEVAL ! C'EST À NOUS ! À L'ATTAQUE !
À L'ASSAUT ! À L'ASSAUT !
25
VAHRAM ! TU M'AS TRAHI ! VAHRAM !... PAR HERCULE, CET ENFOIRÉ A DISPARU !

PPOOOOOOOOOO
ALERTE ! ON NOUS ATTAQUE !
PPOOOOOOOOOOM !
VOS ARMES !? MAIS COUREZ DONC CHERCHER VOS GLAIVES À L'ARMURERIE !
PPOOOOOOOOOOOOOOO
OÙ SONT-ILS DONC, LES INVINCIBLES LÉGIONNAIRES DE ROME ?

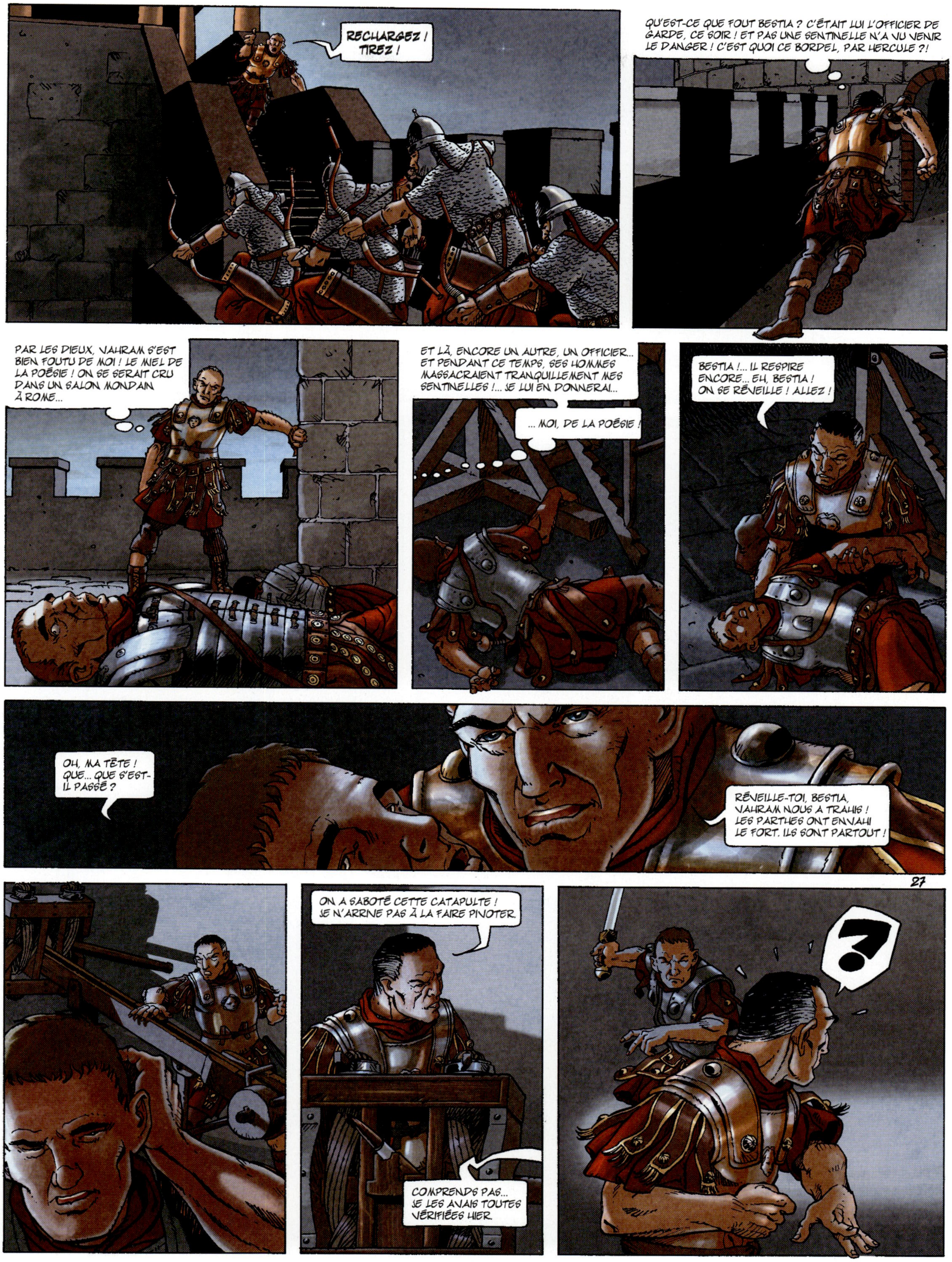
RECHARGEZ ! TIREZ !
QU'EST-CE QUE FOUT BESTIA ? C'ÉTAIT LUI L'OFFICIER DE GARDE, CE SOIR ! ET PAS UNE SENTINELLE N'A VU VENIR LE DANGER ! C'EST QUOI CE BORDEL, PAR HERCULE ?!
PAR LES DIEUX, VAHRAM S'EST BIEN FOUTU DE MOI ! LE MIEL DE LA POÉSIE ! ON SE SERAIT CRU DANS UN SALON MONDAIN À ROME...
ET LÀ, ENCORE UN AUTRE, UN OFFICIER... ET PENDANT CE TEMPS, SES HOMMES MASSACRAIENT TRANQUILLEMENT MES SENTINELLES !... JE LUI EN DONNERAI...
... MOI, DE LA POÉSIE !
BESTIA !... IL RESPIRE ENCORE... EH, BESTIA ! ON SE RÉVEILLE ! ALLEZ !
OH, MA TÊTE ! QUE... QUE S'EST-IL PASSÉ ?
RÉVEILLE-TOI, BESTIA, VAHRAM NOUS A TRAHIS ! LES PARTHES ONT ENVAHI LE FORT. ILS SONT PARTOUT !
27
ON A SABOTÉ CETTE CATAPULTE ! JE N'ARRIVE PAS À LA FAIRE PIVOTER
COMPRENDS PAS... JE LES AVAIS TOUTES VÉRIFIÉES HIER
?

AAAAAAAHH !!
TU... TU M'AS SAUVÉ LA VIE, BESTIA ! JE... JE NE L'AVAIS PAS ENTENDU ARRIVER, CELUI-LÀ !
UN PATRICIEN CONNAÎT SON DEVOIR ENVERS UN SUPÉRIEUR... FÛT-IL DE MODESTE EXTRACTION.
JE SUPPOSE QUE JE DOIS TE REMERCIER...
DEVOIR LA VIE À CETTE ENGEANCE ME BRÛLE LE FOIE !
28
PAR TOUS LES DIEUX !

DEHORS TOUT LE MONDE ! SINON VOUS ALLEZ GRILLER COMME DES KÉBABS ! ET RASSEMBLEZ-VOUS DANS LA COUR !
29
LE... LE FORT DE ZEUGMA... IL BRÛLE !
ET ALORS ? MÊME SI ELLE SE TROUVAIT SUR L'AUTRE RIVE, CETTE FORTERESSE RÉSONNAIT COMME UNE INSULTE À NOTRE HONNEUR. LA VOIR SE CONSUMER DANS CE BEL HOLOCAUSTE ME RÉJOUIT LE COEUR !
POURVU QUE NOTRE ROI N'AIT PAS COMMIS UNE FOLIE EN S'ATTAQUANT À LEUR PUISSANCE. SINON, DEMAIN, CE N'EST PLUS UNE LÉGION QUI NOUS NARGUERA DEPUIS CES MURAILLES, MAIS DIX.
LES GENS D'APAMÉE SERAIENT-ILS DES COUARDS ? RAISONNE UN PEU, SHAPOUR, LES ROMAINS, CROIS-MOI, ONT TROP À FAIRE SUR LE DANUBE POUR VENIR JUSQU'ICI TE CHATOUILLER LA BARBE !

30
L'AIGLE DE LA LÉGION EST À NOUS ! LA IVE SCYTHICA A PERDU SON HONNEUR ! NOUS L'AVONS VAINCUE !
GLOIRE TE SOIT RENDUE, VAHRAM !

APRÈS TANT DE TUMULTE, UN GRAND SILENCE S'INSTALLE, INSOLITE ET ANGOISSANT.
ARTABAN !
31
PAR MA VOLONTÉ ET CELLE DE NOTRE ROI IMMORTEL, LE GRAND CHOSROÈS QUI COMMANDE À TOUS LES PEUPLES, LE CAMP DE ZEUGMA A CESSÉ D'ÊTRE !

PUIS, SOUDAINEMENT, LES CAVALIERS DU DÉSERT ÉPERONNENT LEURS MONTURES ET FILENT AU GRAND GALOP EN POUSSANT DES CRIS GUTTURAUX QUI GLACENT LE SANG DES VAINCUS.
LA MEUTE ATTEINT LA PORTE DÉCUMANE POUR S'ÉVANOUIR DANS LA NUIT FINISSANTE VERS L'OCCIDENT ET LA MÉDITERRANÉE.
DU FORT, IL NE RESTE PRATIQUEMENT QUE DES RUINES ENCORE FUMANTES SOUS UN CIEL GRIS DE DEUIL ET CETTE ÉPOUVANTABLE ODEUR DE CENDRE QUI S'ACCROCHE À L'AIR STAGNANT.
ILS NOUS ONT DÉDAIGNÉS COMME DE LA MERDE !
EN NOUS LAISSANT LA VIE SAUVE, ILS NOUS ONT HUMILIÉS. PIRE ENCORE QUE S'ILS NOUS AVAIENT VENDUS COMME ESCLAVES !
32
JE N'ARRIVE PAS À LE CROIRE...
LES ROMAINS REVIENDRONT EN FORCE, L'EMPIRE POSSÈDE TANT DE RESSOURCES !
ALORS PROFITONS DE LA SITUATION POUR DÉFINITIVEMENT LES CHASSER D'ICI !
NE RESTEZ PAS SUR CE QUAI COMME DES AHURIS ! PRENEZ DES ARMES ET ALLEZ TERMINER LE TRAVAIL COMMENCÉ PAR VAHRAM ! TUEZ-LES TOUS ! LES SOLDATS ET LEURS VERMINES D'ESCLAVES ! ILS OFFENSENT NOS DIEUX ET SOUILLENT LA TERRE DE NOS ANCÊTRES !

CENTURIONS, RASSEMBLEZ VOS HOMMES PAR UNITÉ ET COMPTEZ LES PERTES.
IL NE MANQUE PLUS QUE LE RAPPORT D'UNE CENTURIE. L'ASSAUT A FAIT PEU DE VICTIMES.
LES PARTHES N'ENTENDAIENT PAS S'ATTARDER ICI, ILS...
... ONT UN AUTRE OBJECTIF. MAIS S'ILS ONT RÉUSSI À NOUS VAINCRE, C'EST QUE DES TRAÎTRES LES ONT AIDÉS.
DEUX HOMMES MANQUENT À L'APPEL, PRÉFET, L'OPTION URANIUS AZIZUS ET LE LÉGIONNAIRE JULIUS CARBO. CE SOLDAT EST LE DERNIER À LES AVOIR VUS.
ILS SONT SORTIS POUR ALLER PISSER EN EMPORTANT TOUT LEUR BARDA. J'AI TROUVÉ ÇA BIZARRE ! EN GÉNÉRAL, QUAND ÇA PRESSE...
ÉPARGNE-NOUS TES CONSIDÉRATIONS URINAIRES. IL EST HORS DE DOUTE QU'URANIUS ET CARBO NOUS ONT TRAHIS.
MAIS COMMENT ONT-ILS PU ÊTRE APPROCHÉS PAR LES PARTHES ?
NOS HOMMES AVAIENT LA CONSIGNE DE NE JAMAIS TRAVERSER LE FLEUVE. TOUTEFOIS, EN SENS INVERSE, IL ARRIVE QUE DES CARAVANIERS OBTIENNENT L'AUTORISATION DE FAIRE ÉTAPE ICI.
EN GÉNÉRAL, ILS LOGENT PRÈS DU CAMP, DANS L'UNE DES AUBERGES DE ZEUGMA. NOS SOLDATS NE SONT PAS LES DERNIERS À COURIR SE POCHETRONNER DANS CES BOUGES. DÈS LORS, TOUTES SORTES DE RENCONTRES S'AVÈRENT POSSIBLES.
33
LES PARTHES ONT APPRIS QUE LES EFFECTIFS DU FORT ÉTAIENT RÉDUITS ET C'EST POUR CELA QU'ILS L'ONT ATTAQUÉ. MAIS DANS QUEL BUT ?
TRAJAN NE S'EST PAS ASSEZ MÉFIÉ, CES ORIENTAUX ONT LA TRAHISON DANS LE SANG !
LES BOUCLIERS DE MARS L'AVAIENT POURTANT PRÉVENU.
TU ES AU COURANT DE CETTE HISTOIRE, TOI ? ZEUGMA EST POURTANT BIEN LOIN DE ROME.
ÉOLE A SOUFFLÉ SUFFISAMMENT FORT POUR QUE LA RUMEUR NOUS PARVIENNE... IL Y A LONGTEMPS QUE NOUS AURIONS DÛ RÉGLER LE PROBLÈME PARTHE.

ET RISQUER UN SOULÈVEMENT DE NOS PROVINCES EN ORIENT ! SANS PARLER DES RÉACTIONS DU PEUPLE À ROME ? NON BESTIA, CES RÉGIONS ONT TROP SOUFFERT ; NOTRE PRINCE A RAISON, ELLES ONT BESOIN DE PAIX.
ON EN VOIT AUJOURD'HUI LE RÉSULTAT.
LES DIEUX MANIFESTENT PARFOIS DES CAPRICES QUE LES HUMAINS NE PEUVENT ENTENDRE. J'AJOUTERAI, CHER BESTIA, QUE TU N'AS RIEN FAIT POUR MAINTENIR UNE DISCIPLINE QUI EÛT PERMIS À NOS TROUPES DE REPOUSSER L'ENNEMI.
M'ACCUSERAIS-TU D'INCAPACITÉ ?
JE CONSTATE, C'EST TOUT !
C'EST LA DEUXIÈME FOIS QUE TU M'INSULTES, VINTIDIUS CHARAX, ET C'EST UNE FOIS DE TROP !
REGARDEZ SUR LE PONT !
34
DEHORS, LES ROMAINS ! RETOURNEZ CHEZ VOUS !

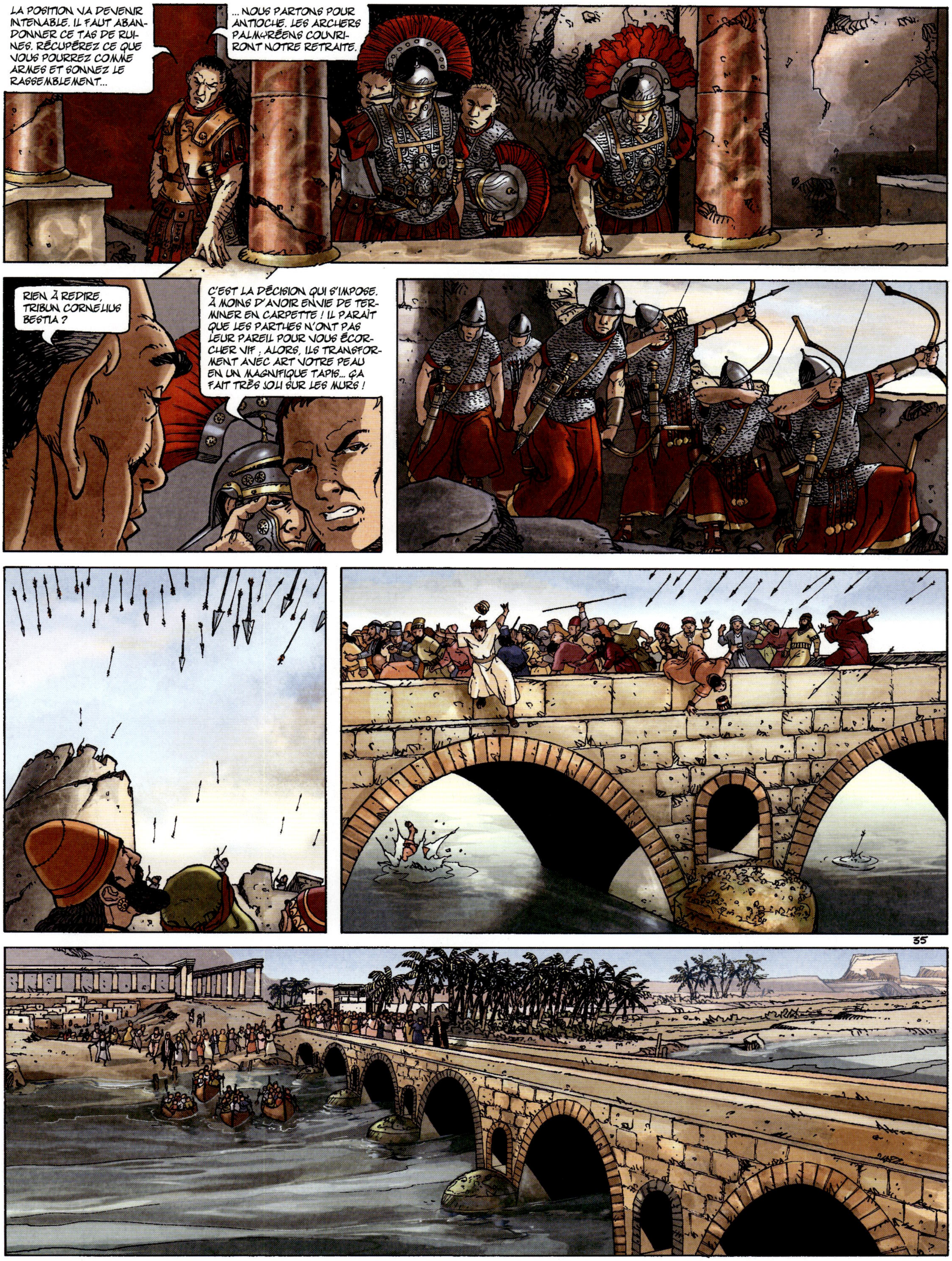
LA POSITION VA DEVENIR INTENABLE. IL FAUT ABANDONNER CE TAS DE RUINES. RÉCUPÉREZ CE QUE VOUS POURREZ COMME ARMES ET SONNEZ LE RASSEMBLEMENT...
... NOUS PARTONS POUR ANTIOCHE. LES ARCHERS PALMYRÉENS COUVRIRONT NOTRE RETRAITE.
RIEN À REDIRE, TRIBUN CORNELIUS BESTIA ?
C'EST LA DÉCISION QUI S'IMPOSE. À MOINS D'AVOIR ENVIE DE TERMINER EN CARPETTE ! IL PARAÎT QUE LES PARTHES N'ONT PAS LEUR PAREIL POUR VOUS ÉCORCHER VIF ; ALORS, ILS TRANSFORMENT AVEC ART VOTRE PEAU EN UN MAGNIFIQUE TAPIS... ÇA FAIT TRÈS JOLI SUR LES MURS !
35

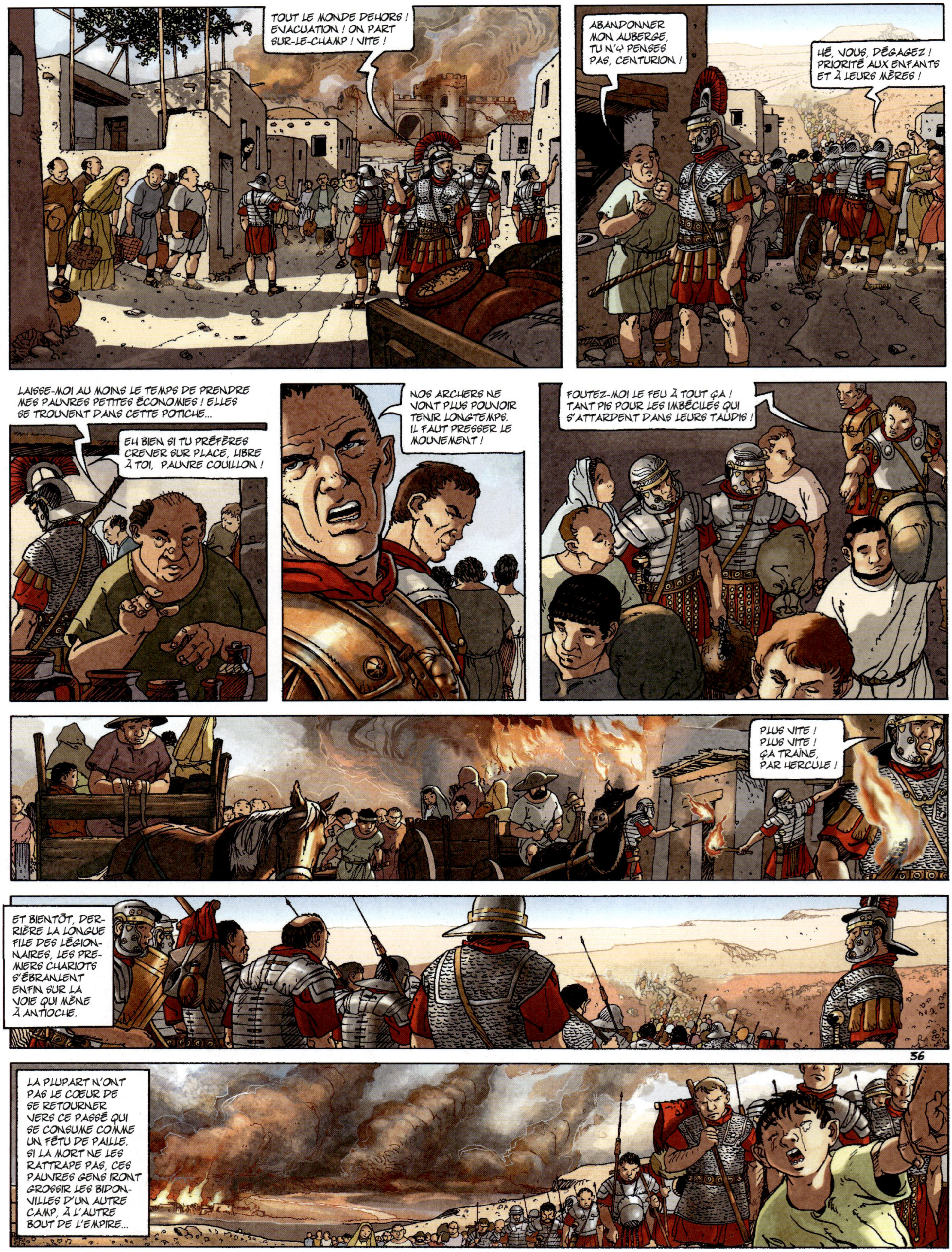
TOUT LE MONDE DEHORS ! EVACUATION ! ON PART SUR-LE-CHAMP ! VITE !
ABANDONNER MON AUBERGE, TU N'Y PENSES PAS, CENTURION !
HÉ, VOUS, DÉGAGEZ ! PRIORITÉ AUX ENFANTS ET À LEURS MÈRES !
LAISSE-MOI AU MOINS LE TEMPS DE PRENDRE MES PAUVRES PETITES ÉCONOMIES ! ELLES SE TROUVENT DANS CETTE POTICHE...
EH BIEN SI TU PRÉFÈRES CREVER SUR PLACE, LIBRE À TOI, PAUVRE COUILLON !
NOS ARCHERS NE VONT PLUS POUVOIR TENIR LONGTEMPS. IL FAUT PRESSER LE MOUVEMENT !
FOUTEZ-MOI LE FEU À TOUT ÇA ! TANT PIS POUR LES IMBÉCILES QUI S'ATTARDENT DANS LEURS TAUDIS !
PLUS VITE ! PLUS VITE ! ÇA TRAÎNE, PAR HERCULE !
ET BIENTÔT, DERRIÈRE LA LONGUE FILE DES LÉGIONNAIRES, LES PREMIERS CHARIOTS S'ÉBRANLENT ENFIN SUR LA VOIE QUI MÈNE À ANTIOCHE.
36
LA PLUPART N'ONT PAS LE COEUR DE SE RETOURNER VERS CE PASSÉ QUI SE CONSUME COMME UN FÉTU DE PAILLE. SI LA MORT NE LES RATTRAPE PAS, CES PAUVRES GENS IRONT GROSSIR LES BIDONVILLES D'UN AUTRE CAMP, À L'AUTRE BOUT DE L'EMPIRE...

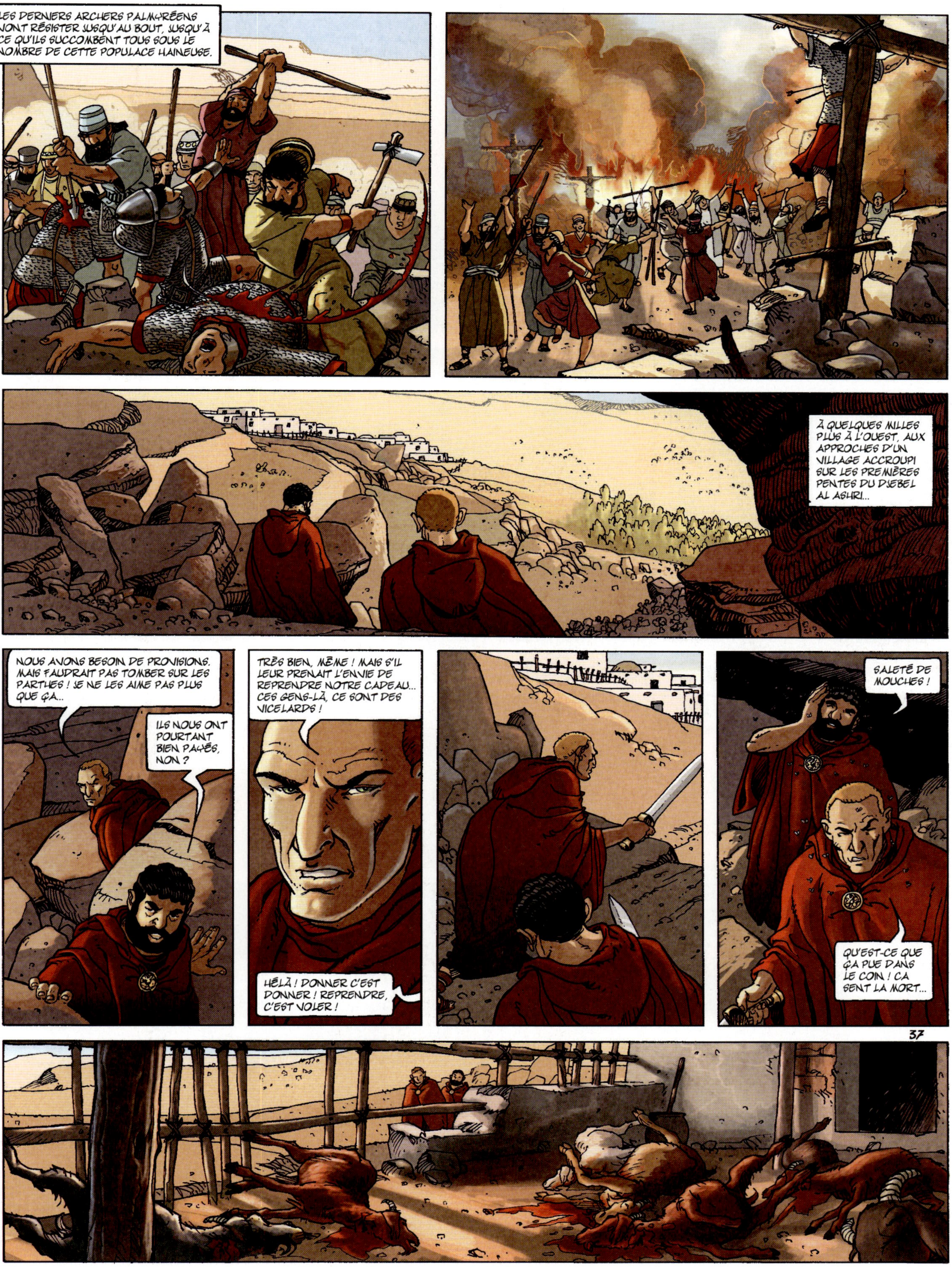

LES DERNIERS ARCHERS PALMYRÉENS VONT RÉSISTER JUSQU'AU BOUT, JUSQU'À CE QU'ILS SUCCOMBENT TOUS SOUS LE NOMBRE DE CETTE POPULACE HAINEUSE.
À QUELQUES MILLES PLUS À L'OUEST, AUX APPROCHES D'UN VILLAGE ACCROUPI SUR LES PREMIÈRES PENTES DU DJEBEL AL ASHRI...
NOUS AVONS BESOIN DE PROVISIONS. MAIS FAUDRAIT PAS TOMBER SUR LES PARTHES ! JE NE LES AIME PAS PLUS QUE ÇA...
ILS NOUS ONT POURTANT BIEN PAYÉS, NON ?
TRÈS BIEN, MÊME ! MAIS S'IL LEUR PRENAIT L'ENVIE DE REPRENDRE NOTRE CADEAU... CES GENS-LÀ, CE SONT DES VICELARDS !
HÉLÀ ! DONNER C'EST DONNER ! REPRENDRE, C'EST VOLER !
SALETÉ DE MOUCHES !
QU'EST-CE QUE ÇA PUE DANS LE COIN ! ÇA SENT LA MORT...
37

ON DIRAIT QUE LES HABITANTS ONT DÛ FUIR À TOUTE VITESSE EN ABANDONNANT TOUT SUR PLACE.
QUELQU'UN LES AURA AVERTIS...
... DE L'IMMINENCE D'UN DANGER... LES PARTHES !?
EN ATTENDANT J'AI LES CROCS. MOI, ASSOIS-TOI, URANIUS. CETTE BOUILLIE D'ÉPEAUTRE NE DEVRAIT PAS BEAUCOUP NOUS CHANGER DE NOTRE ORDINAIRE.
MÉFIE-TOI, ELLE POURRAIT ÊTRE EMPOISONNÉE...
TU RIGOLES OU QUOI ?
TAIS-TOI, J'ENTENDS QUELQUE CHOSE !
38
RIEN... J'AI DÛ RÊVER.

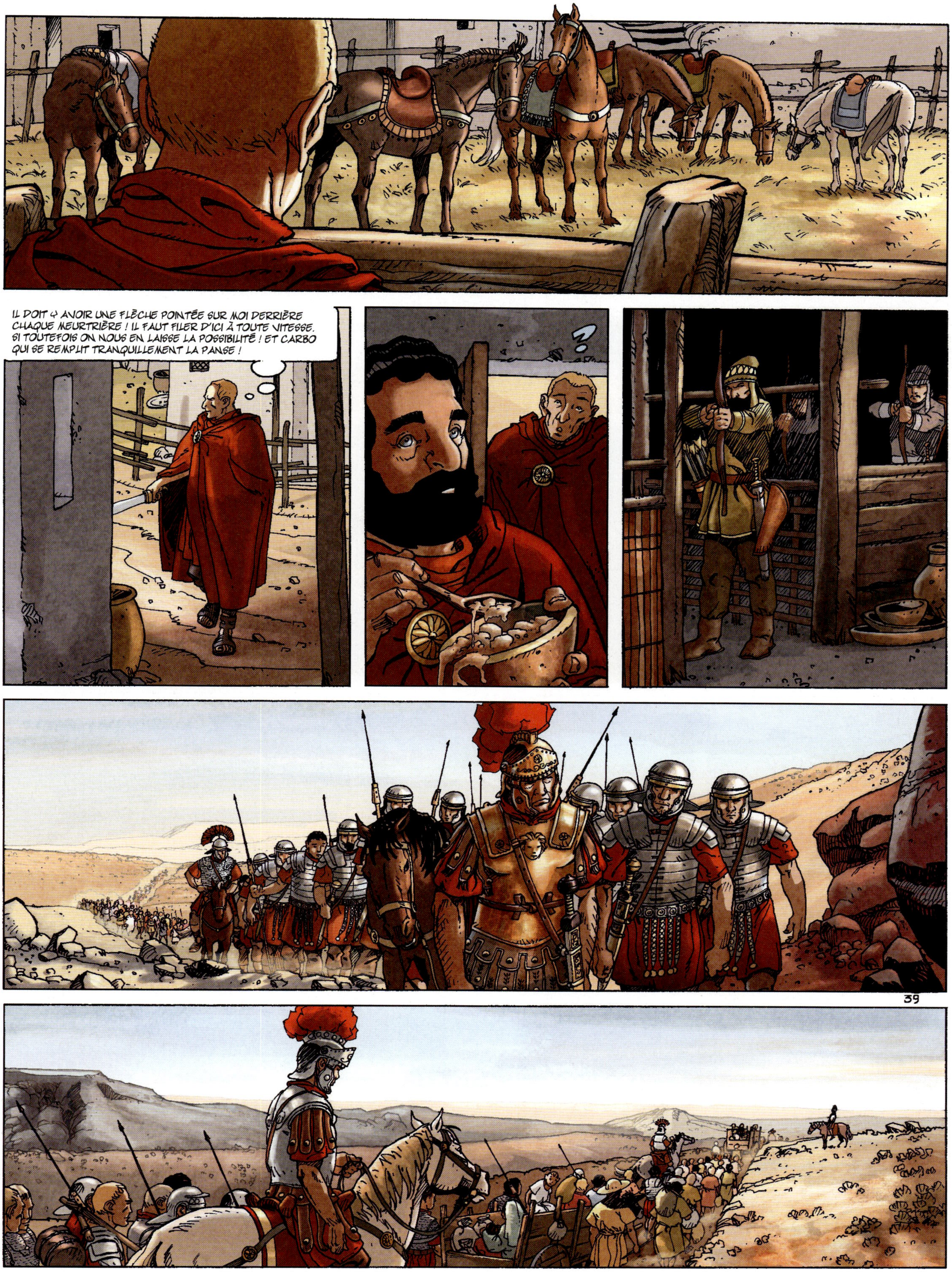
IL DOIT Y AVOIR UNE FLÈCHE POINTÉE SUR MOI DERRIÈRE CHAQUE MEURTRIÈRE ! IL FAUT FILER D'ICI À TOUTE VITESSE. SI TOUTEFOIS ON NOUS EN LAISSE LA POSSIBILITÉ ! ET CARBO QUI SE REMPLIT TRANQUILLEMENT LA PANSE !
?
39

HOLÀ, L'AUBERGISTE ! TA CONCUBINE RALENTIT LE TRAIN DE LA TROUPE. SI ELLE N'EST PAS FOUTUE D'ACCÉLÉRER LE PAS, ON LA LAISSE SUR LE CÔTÉ. COMPRIS ?
SALAUD DE PATRICIEN ! JUSTE BON À CARACOLER SUR SON CANASSON ! AH, RISQUE PAS D'ÊTRE ÉREINTÉ CE SOIR ! NOT' PRÉFET, LUI, IL MARCHE AVEC SES HOMMES, COMME UN SIMPLE LÉGIONNAIRE... ET À QUOI BON ! DE TOUTES FAÇONS, À UN MOMENT OU À UN AUTRE, ON FINIRA PAR SE FAIRE MASSACRER PAR LES PARTHES !
OÙ SONT-ILS PASSÉS, CEUX-LÀ ? ON RACONTE QU'ILS ATTAQUENT TOUJOURS AU MOMENT OÙ L'ON S'Y ATTEND LE MOINS.
ET LA RUSE DU PARTHE, TU LA CONNAIS CELLE-LÀ ? J'ÉTAIS DANS LA LÉGION LORS DE LA DERNIÈRE GUERRE. DAME, MOI J'AI SERVI SOUS CORBULON ! ET JE POURRAIS T'EN RACONTER ! POUR ÇA OUI !
QUE MIJOTENT-ILS ? ATTAQUER ANTIOCHE ? ILS NE SONT PAS ASSEZ NOMBREUX ET NE POSSÈDENT AUCUN MATÉRIEL DE SIÈGE... ET PUIS IL Y A TROIS AUTRES LÉGIONS DANS LA PROVINCE !... VAHRAM SEMBLE AVOIR AGI COMME UN DÉMENT !? POURTANT IL N'A PAS CETTE RÉPUTATION. ALORS POURQUOI ?
40
UN VRAI COUPE-GORGE !

COMMENCE À FAIRE SOIF ! AVEC CETTE CHALEUR ET CETTE POUSSIÈRE !
ET TOI, TU N'AS PAS DE CASQUE !
'FAIT TROP CHAUD !
QUAND ON A LA CHANCE D'AVOIR SON CASQUE, ON LE GARDE ! REMETS-LE IMMÉDIATEMENT ! TU VEUX ATTRAPER UNE INSOLATION ?...
MYRIAM !
IL FAUT L'ABANDONNER SUR PLACE. ALLEZ, L'AUBERGISTE, REPRENDS TON RANG.
ELLA A ATTRAPÉ UN COUP DE CHAUD... JE VEUX RESTER AUPRÈS D'ELLE. CONTINUEZ SANS NOUS. ALLEZ AU DIABLE !
41
DÉSOLÉ, L'AUBERGISTE, MAIS VOUS NOUS RALENTIRIEZ TROP. ON VA QUAND MÊME VOUS LAISSER UN PEU D'EAU.
TIENS, GARDE-LA, IL N'Y A PLUS QUE TROIS GOUTTES...
MAIS... ET TOI ?
JE PARTAGERAI CELLE D'UN COPAIN. ALLEZ, BONNE CHANCE !

BESTIA, ENVOIE TROIS ESTAFETTES JUSQU'À LA SORTIE DES GORGES.
LÉGIONNAIRES, J'ESPÈRE QUE VOUS VOUS RAPPELEZ CE QU'EST UNE FORMATION EN TORTUE. DANS LES INSTANTS QUI VIENNENT, ÇA POURRAIT VOUS SERVIR. ARME AU POING !
LA VOIE EST LIBRE !
ET À UN MILLE D'ICI, IL Y A UN RELAIS OÙ NOUS POURRONS NOUS DÉSALTÉRER. TOUT EST PAISIBLE !
LES HOMMES NE CHANGERONT JAMAIS ! OUBLIÉE LA DÉFAITE, OUBLIÉES LES ANGOISSES !... OUBLIÉS LES PARTHES !
ENFIN ! LE CAUCHEMAR EST DERRIÈRE NOUS !
DANS QUATRE JOURS NOUS SERONS À ANTIOCHE !
AH, ANTIOCHE ! PLONGER DANS L'EAU FRAÎCHE DE SES THERMES ET PASSER UNE JOURNÉE AU CIRQUE TOUT EN COMPTANT FLEURETTE À UNE JEUNESSE !
SOYEZ LES BIENVENUS, SOLDATS. ICI, À DÉFAUT DE FILLES, VOUS TROUVEREZ UN BON PETIT VIN FRAIS.
42
VOUS AUTRES, PRENEZ UN PEU D'EAU ET RAMENEZ LES DEUX MALHEUREUX QUE NOUS AVONS ABANDONNÉS DANS LE DÉFILÉ.
IL N'Y A QU'UN PÉQUENOT POUR ÉPROUVER TANT DE COMPASSION POUR DES LOQUETEUX QUI MÉRITENT À PEINE LE NOM D'HUMAINS !

BESTIA, TU VEILLERAS À CE QUE CES LOQUETEUX, COMME TU LES NOMMES, NE MANQUENT DE RIEN. JE TIENS À RAMENER TOUT LE MONDE EN BON ÉTAT, QU'IL PORTE LA TUNIQUE LATICLAVE OU LA BURE DES MISÉREUX ! ME FAIS-JE BIEN COMPRENDRE ?
ATTENDS QUE NOUS SOYONS À ANTIOCHE ! APRÈS UNE PAREILLE DÉBÂCLE, TU VAS DEVOIR RENDRE DES COMPTES. ET LE GOUVERNEUR DE LA PROVINCE, C'EST MON PÈRE : CORNELIUS PALMA, TU CONNAIS ? OUI, BIEN SÛR. ALORS, BIENTÔT, TU VAS POUVOIR DIRE ADIEU À TON COMMANDEMENT.
LE VOILÀ DONC L'ARROGANT TRIBUN SI PROMPT À DÉGAINER : UN PETIT MORVEUX QUI VA PLEURNICHER DANS LE GIRON PATERNEL ! LES PARVENUS DE TON ENGEANCE ENCOMBRENT DÉCIDÉMENT L'ARMÉE ! MAIS RESPECTE AU MOINS LE NOM DE TON PÈRE, LUI EST UN HÉROS.
LE LENDEMAIN...
43
LES PARTHES ONT PRIS ZEUGMA ET ENVAHI LA PROVINCE, ME DIS-TU ? MAIS, PRÉFET, ICI TOUT EST TRANQUILLE ET LE GOUVERNEUR PALMA NE NOUS A ENVOYÉ AUCUN MESSAGE À PROPOS D'UNE ATTAQUE ÉVENTUELLE... TU M'EFFRAIES.
ENCORE DEUX JOURS DE PLUS...
DIS, TU AS VU CE MIROITEMENT, LÀ-BAS ?

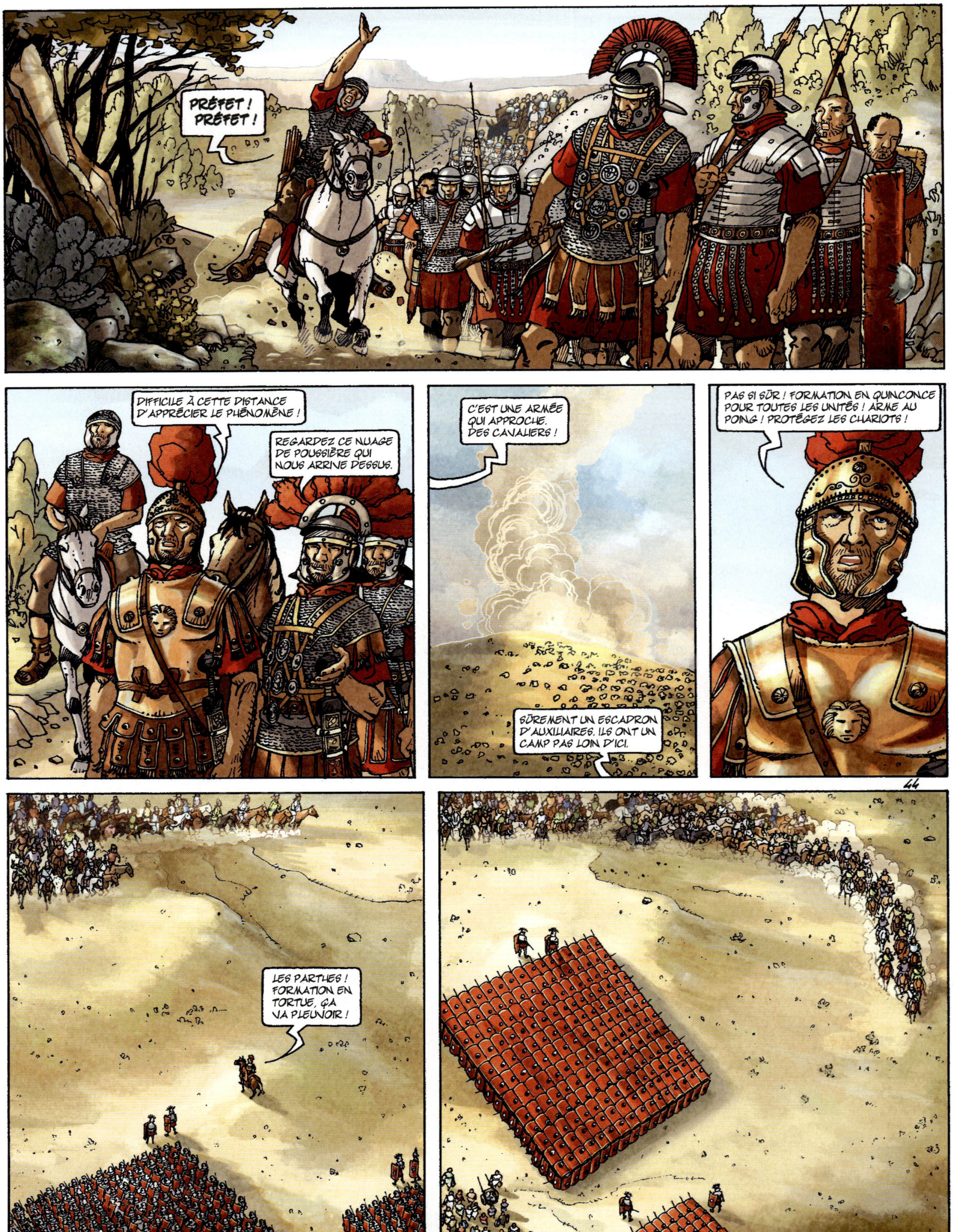
PRÉFET ! PRÉFET !
DIFFICILE À CETTE DISTANCE D'APPRÉCIER LE PHÉNOMÈNE !
REGARDEZ CE NUAGE DE POUSSIÈRE QUI NOUS ARRIVE DESSUS.
C'EST UNE ARMÉE QUI APPROCHE. DES CAVALIERS !
SÛREMENT UN ESCADRON D'AUXILIAIRES. ILS ONT UN CAMP PAS LOIN D'ICI.
PAS SI SÛR ! FORMATION EN QUINCONCE POUR TOUTES LES UNITÉS ! ARME AU POING ! PROTÉGEZ LES CHARIOTS !
LES PARTHES ! FORMATION EN TORTUE, ÇA VA PLEUVOIR !

RESTEZ SOUS LA PROTECTION DE VOTRE BOUCLIER !
ILS VONT REVENIR !
45
CETTE FOIS, C'EST LA FIN !

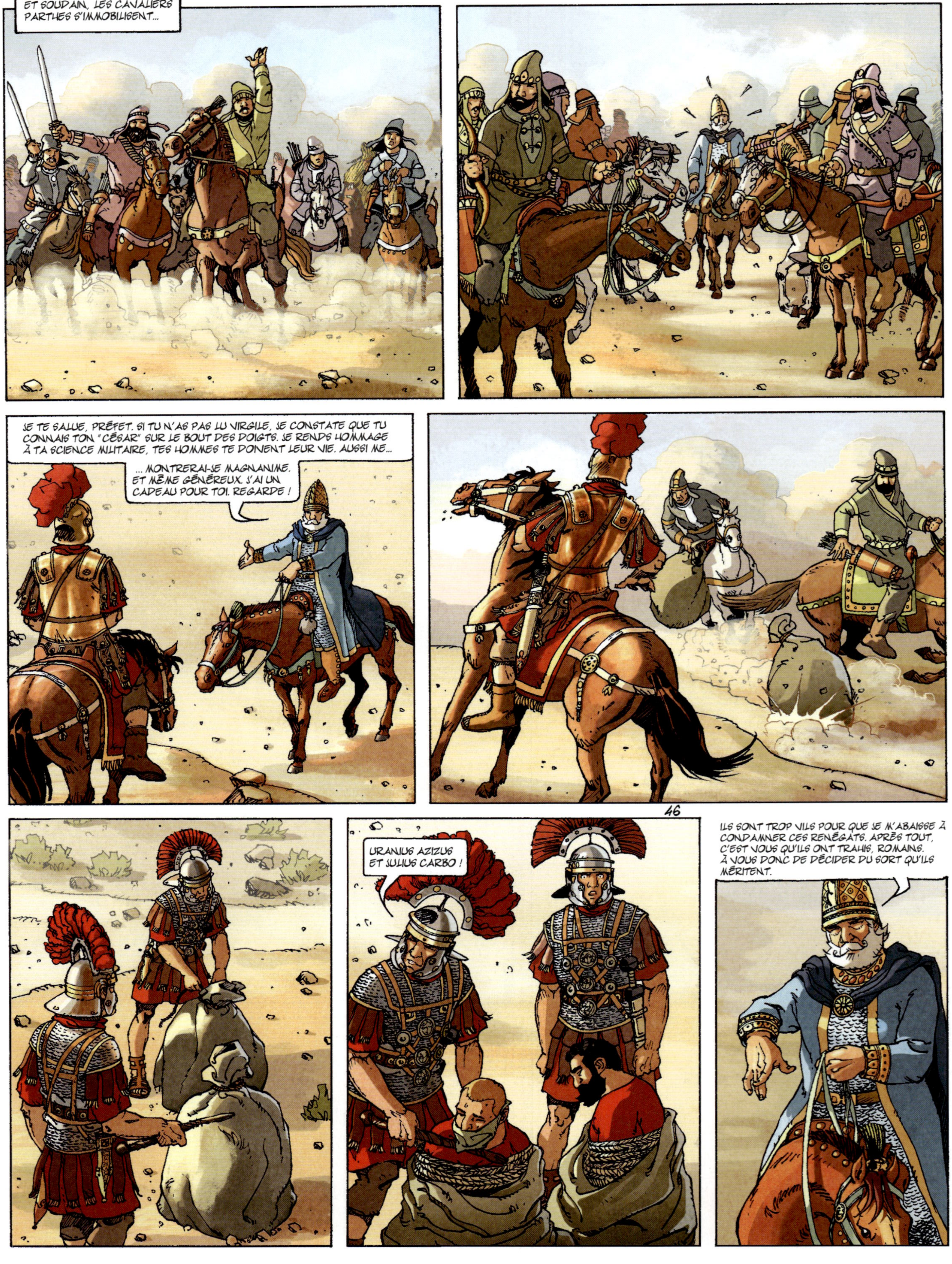
ET SOUDAIN, LES CAVALIERS PARTHES S'IMMOBILISENT...
JE TE SALUE, PRÉFET. SI TU N'AS PAS LU VIRGILE, JE CONSTATE QUE TU CONNAIS TON "CÉSAR" SUR LE BOUT DES DOIGTS. JE RENDS HOMMAGE À TA SCIENCE MILITAIRE, TES HOMMES TE DOIVENT LEUR VIE. AUSSI ME...
... MONTRERAI-JE MAGNANIME. ET MÊME GÉNÉREUX. J'AI UN CADEAU POUR TOI. REGARDE !
46
URANIUS AZIZUS ET JULIUS CARBO !
ILS SONT TROP VILS POUR QUE JE M'ABAISSE À CONDAMNER CES RENÉGATS. APRÈS TOUT, C'EST VOUS QU'ILS ONT TRAHIS, ROMAINS. À VOUS DONC DE DÉCIDER DU SORT QU'ILS MÉRITENT.

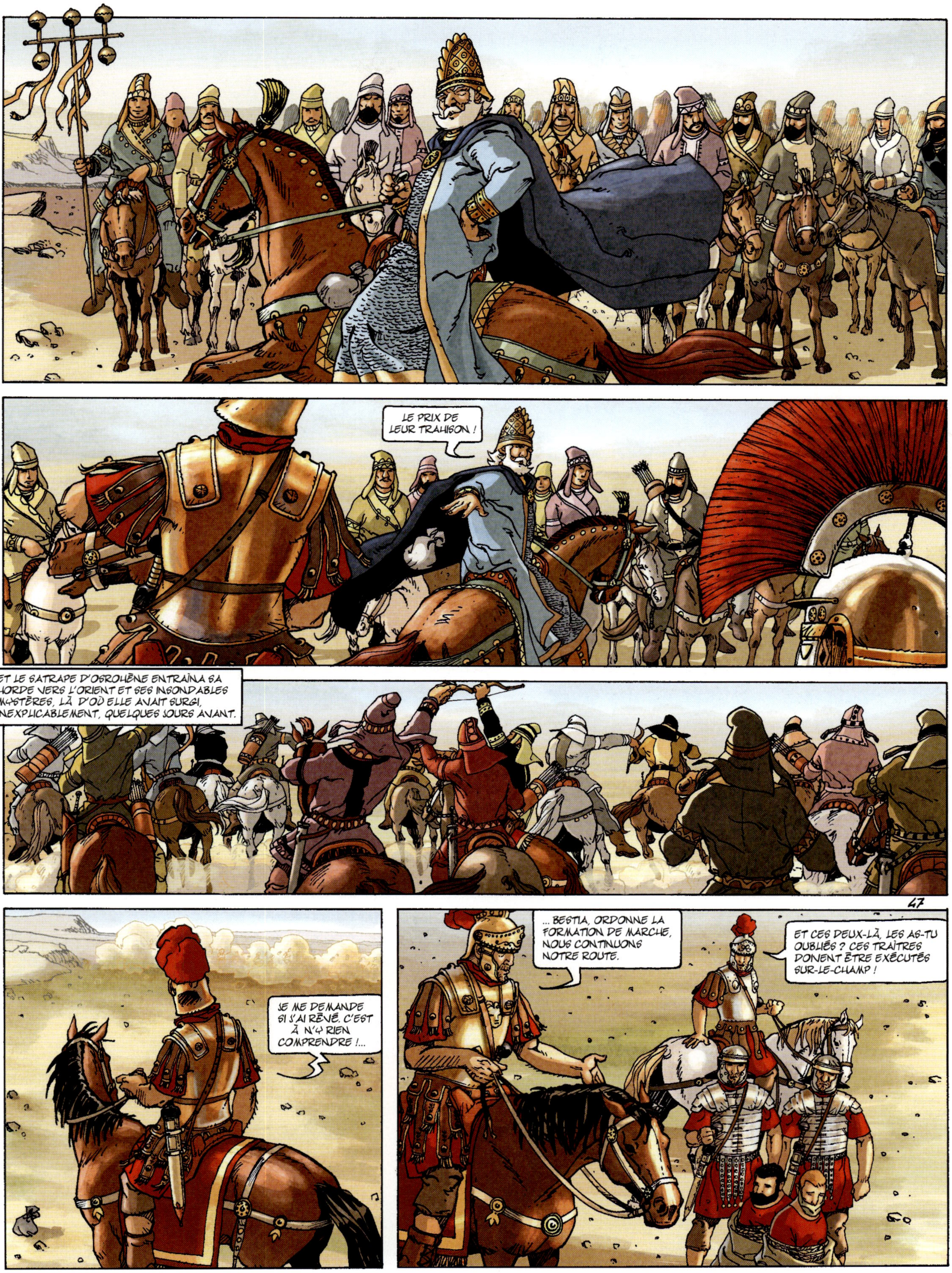
LE PRIX DE LEUR TRAHISON !
ET LE SATRAPE D'OSROHÈNE ENTRAÎNA SA HORDE VERS L'ORIENT ET SES INSONDABLES MYSTÈRES, LÀ D'OÙ ELLE AVAIT SURGI, INEXPLICABLEMENT, QUELQUES JOURS AVANT.
47
JE ME DEMANDE SI J'AI RÊVÉ. C'EST À N'Y RIEN COMPRENDRE !...
... BESTIA, ORDONNE LA FORMATION DE MARCHE, NOUS CONTINUONS NOTRE ROUTE.
ET CES DEUX-LÀ, LES AS-TU OUBLIÉS ? CES TRAÎTRES DOIVENT ÊTRE EXÉCUTÉS SUR-LE-CHAMP !

NE TE MONTRE PAS SI IMPATIENT ! JE PENSE QU'ILS ONT DES TAS DE CHOSES INTÉRESSANTES À NOUS APPRENDRE. IL FAUDRA SANS DOUTE LES CUISINER MAIS NOUS AVONS LE TEMPS, NOUS VERRONS CELA À ANTIOCHE.
LA BRUME DE CHALEUR S'ESTOMPE ENFIN, DÉCOUVRANT PAR LAMBEAUX LA CAPITALE DE LA PROVINCE ROMAINE DE SYRIE. ANTIOCHE SE RÉVEILLE PARESSEUSEMENT. ICI TOUT RESPIRE LA SÉRÉNITÉ, BIEN LOIN DE L'ENFER QUE VIENT DE VIVRE LA IVe SCYTHICA.
48
UN MOIS PLUS TARD, UN CAVALIER TRAVERSE LE DANUBE POUR S'ENFONCER DANS LES SOMBRES FORÊTS DE LA DACIE.

49

TEXTES : GILLES CHAILLET
DESSINS : CHRISTIAN GINE
COULEURS : ANTOINE QUARESMA

FIN DU PREMIER ACTE